沖縄エッセイスト・クラブ

作品集 42

コールサック社

まえがき

個人と社会が絶えず活力を保ちながら向上していくには、自由と多様性が欠かせない。十九世紀の半ば『自由論』の著者J・S・ミルはこう語った。ふと手にした古典には、現代の自由主義社会の原理が記されており、当たり前と思っていた思想の源泉がここにあったのかと気づかされた。さらに遡れば、ギリシア哲学のソクラテス・プラトン以降、人はなぜ生きるのか、幸せとは何かを追求する哲人達が数多く現在に連なっている。しかし寡聞にしてその結論は知らない。

当クラブは二年前に創立四十周年の節目を迎え、その感慨に耽った。また、祖国復帰五十周年を記念した取り組みも行った。今年は戦後八十年の節目に当たる年である。沖縄は国内最大の地上戦を経験した地である。その経験者、証人がまだ僅かながら存在してもいるので、それを書き記すのも県民としての務めかもしれない。そのような原稿も幾つかあるので読んでほしい。

沖縄は歴史的、地政学的に特殊な経験を多くしてきている。戦争以外にも台風や津波、干ばつ、飢饉などにも苦しめられてきた。しかしそこからの回復、サバイバルも多く体験していることを忘れてはならない。それが血肉となって楽天的、前向きな県民性となっているのかもしれないのだから。

当クラブの会員は全員が半世紀以上の生を受けて人生経験をそれぞれに積んでいる。その物語をある人は充実感から喜びの柄に織り上げ、ある人は苦悩の体験を重厚な柄に描き、そこから学んだことを呟く。われわれは皆、自分らしく自由に、幸せに生きたいと考えている。誰もが望むこの願いに沿って、題材やテーマは違っても人生を思うがままに紡ぐ、それがエッセイの醍醐味である。

一緒に楽しんで戴けたらと願う。

二〇二五（令和七）年四月一日

沖縄エッセイスト・クラブ　会長　長田　清

沖縄エッセイスト・クラブ作品集42

目次

沖縄エッセイスト・クラブ 作品集42

愛について考える

神保しげみ

日曜日の朝十時前、カーラジオからＥＰＯ《エポ》の歌声が流れてきた。歌詞を聞いていると、不実な男性の嘘を信じていた女性が、彼との別れを決意し「本物の私に生まれ変わるの、自分を愛するって基本でしょう。どんなにダメな自分にだって、愛を」といった内容。そして、続くサビのフレーズ。

愛を　愛を　愛を〜
　どんな時も　愛を　愛を〜

「ふーん、愛をどうするわけー」と思いつつ、聞いていると、

愛を　愛を　愛を〜
　どんな時も　愛を　愛を〜

「だからー、愛をどうするのー」ラジオに突っ込みを入れるが、「愛を　愛を」と連呼して終了。最後まで「愛をどうする」の動詞の部分は歌われなかった。ははー、さてはリ

スナーに解釈を委ねるという手法だね。それならばと、「愛を」に続く動詞を色々考えてみた。

感じる。育む。深める。告げる。語る。叫ぶ。謳う。ささやく。伝える。

伝える――愛を伝えることの難しさを痛感している。

私には娘が一人いるが、彼女に私の愛は伝わっていないとの確信がある。「小さい頃にこんなことをされて嫌だった」「○○と言われて傷ついた」と何度も責められている。この夏に帰省した娘は、「もう沖縄には帰って来ない！」との言葉を残して夫の待つ埼玉へと戻っていった。人をエンパワメントすることを生業にしているカウンセラーの私だが、それにもかかわらずこのていたらくである。

遠く離れて子育てのサポートをする機会のない私としては心配なのである。

私からみても娘は子育てを頑張っている。息子の言うこと、やりたいことが最優先される。外食も息子が食べられるもの、食べたい時間で決まる。お昼ご飯が十時半や十一時ということもザラである。息子の希望はほとんど叶えられる。忙しい時も体がきつい時も、息子が遊びたいといえば遊びに付き合うし、公園に出かける。娘は小さい頃、母にしてもらいたかったことをしてもらえなかった寂しさを、自分の息子には感じさせたくないと思っているのだろうか、それで頑張りすぎて無理しているのだろうかなどと考えて、私は申し訳ない気持ちになる。

しかし、娘も人間である。言うことを聞かず、駄々をこねられると、ストレスがたまり、感情的に息子を叱ることもある。私の母と妹そして私、三人の女手のある実家で甘えられる時でもこの調子だとあちらではちゃんと休めているのだろうかと心配になる。娘の疲れた顔を見るとついつい「子どもの言うことをみんな聞いてあげることはないよ」「世の中、自分の希望が通ることだけじゃないんだから、折り合いをつける練習をさせなくちゃ」「我慢する力も大事だよ」なんて言ってしまうのである。私は娘の体を心配しているのだが、娘は自分の子育てを否定されたと感じたのだろう。

私にとって、孫はもちろんかわいい。しかし、私はより娘がかわいいのである。娘を困らせる孫をあんまりママを困らせないでと少し憎らしく感じてしまうこともある。だからこそ、「無理してまで子どもの言うとおりにしなくてもいいよ」と言ってしまう。私が娘を愛おしく思っているなんてことは、きっと彼女には伝わってはいない。というか、言葉で伝えてはいない。今この文章を読んでびっくりしている彼女の顔が目に浮かぶ。

つくづく「愛を伝える」ことは難しい。

私は猫を愛している。娘には言えない「愛している」を猫に対してはサラッと言える。なぜだろう。

初めて猫と暮らしたのは高校二年の時。友達の家で生まれた雄の子猫を二匹もらい受けて「ジャム」と「モカ」と名付けた。それから、「豪」「麗華」「翔」「ココ」「茶々丸」「フワ」「花子」「藍《らん》」「亜虹《あぐう》」「凛」「希生《きき》」「小力《こりき》」と一緒に暮らしてきた。藍ちゃんは下半身がマヒしたオムツ猫だった。生後二、三週間くらいで雄猫に腰を噛まれ瀕死の状態を保護し受診した。獣医から安楽死を勧められたが、彼女の生きる力を信じた。注射器でミルクを飲ませ、傷の手当てをし、濡らしたティッシュで刺激して、排便、排尿をさせて育てた。彼女の後ろ脚は細いが、前足は筋肉隆々としていて、前足だけで走るし、四十センチくらいの高さのベッドもよじ登る。失った力があるとしたら、それを補う力も生まれるのだなぁと生きる力のたくましさを感じていた。

最近、三か月の子猫を迎えた。知人から「盲目の子猫、もらいませんか」とのLINEが来て、少し迷ったのだが覚悟を決めてもらい受けた。心配していたが全盲ではなく、少し見えているようである。時々頭をぶつけたり、前足で空《くう》を掻いたりすることもあるが、階段の昇り降りもできるし、猫じゃらしでも遊ぶ。どの位置に障害物があるかを学習しているようである。聴力、記憶力を駆使している。目が見えないことで色々大変なことがあるのだろうなと覚悟していたが、何のことはない、私の方が彼から元気をもらっている。

再び「愛を」に続く動詞を考えてみる。

行う。守る。委ねる。込める。奪う。取り戻す。届ける。ください。与える。

与える――新型コロナウイルスが蔓延する中、「私はもう良い人生を送ったから若い人を助けてあげて」と人工呼吸器を拒否して亡くなったベルギーの九十歳のおばあちゃんがいた。感染者の看取りに立ち会い、自らも感染し命を落としたイタリアの五十人以上の神父たちのニュースを耳にした。また、ユダヤ人の精神科医であるヴィクトール・フランクルは、その著書『夜と霧』において、強制収容所の中で、どんなに過酷な状況であっても、人に対して優しさを持ち続ける人たちがいたことを語っている。自身の命に代えても、他者のために行動しうるその源は何か。それが「愛」なのか。

ドイツを代表する精神分析、哲学の研究家エーリッヒ・フロムは著書『愛するということ』の中で、「愛は能動的な活動であり、自分の生命を与えるという要素を含むもの」であると説いている。自分の生命を与えるというのは、他者のために自分の生命を犠牲にすることではなく、自分の喜び、興味、知識、悲しみ、ユーモアなど、自分の中に息づいているものすべてを与えるということらしい。与えること自体がこの上ない喜びなのだという。与えるという意味で人を愛せるかどうかは、その人の人格がどれくらい発達しているかによるという。わかったようなわからないような、とりあえず、愛するとは、与えることが重要な意味を持ち、人間的に成熟していないといけないということか。

また、母の愛についても言及している。母の愛の側面は二つあり、「子どもの生命と成長を守るために世話をし、肯定的な態度の乳の機能」「この世に生を受けたことはすばらしいという感覚を子どもに与えるような態度の蜜の機能」であり、特に後者が果たせるのは、幸福で成熟した母親だけだという。

「うちあたい」*という言葉が浮かんだ。ごめんね。あの頃私は幸せではなかった。人として未熟だった。娘にはたくさんつらい思いをさせてしまった。

さて、怒って戻ってしまった娘には、ＬＩＮＥで私の思いを伝えた。あの頃よりは私も少しは成長していると思う。何よりも私は今幸せである。

フロムは、愛は技術であり、その習得には「知識を学んで理論をよく知ること」「理論を基に習練すること」そして「愛の技術を身に付けたいと心から思うこと」が重要であると説く。

ならば私にも希望が見えた。なにせ私は努力家で勤勉だ。よし、これから先、私の人生の目標を「愛の習練」としよう。そしていつの日か、娘に「私はお母さんに愛されていたんだなあ」との思いとともに私を思い出してもらえたら本望である。

＊うちあたい
身に覚えがあり恥じたり反省したりすること。心当たりがある。

ようこそわが家へ

津香山　葉

事のはじまり

一九九〇年代の初め頃、私たちは大家族で暮らしていた。多くの外国人が我が家を行き来し、また同じ屋根の下に暮らしていた。今考えると、それはすべて夫のせいであり、よくもそんなことに耐えられたものだと我ながら呆れかえるのだが、当時は夫婦としてもまだ未熟で判断の余地がなく、流れのままに仏心《ほとけごころ》で事に当たるしかなかったのだと思う。しかし夫はそれに対して私に礼や詫びの一つも言ったことがない。まるで当たり前であるかのように思っているらしい。あげくに、事あるごとに「おまえは普通の女ではない！」と宣う。「当然だ！　普通の女ならこんなことができるものか！　あんたこそ普通の男ではない！」と私は反撃する。

初っ端からお見苦しいところをお目にかけてしまったが、夫はフィリピン人の父親を持つハーフで、二十代の時に父親と兄弟たちを探しに単身でフィリピンに渡り、家族を探し当て、それから交流が始まったらしいのだ。その後、日本への出稼ぎの盛んな時期には、兄弟とその家族、従弟までがこぞって我が家を頼って来たというわけである。

ちなみに私が義兄家族と初めて会ったのは、結婚後、夫と一歳の息子と三人でフィリピンを訪ねた時であった気がする。

義兄家族は沖縄で一年ほど私たちと暮らした。義兄ジョージーは近くの鉄工所に溶接の仕事を得、長男のジェームスは市内の小学校二年に転入し通った。奥さんのロスは家事や育児をした。次男のジュリアスは、腕白な三歳だった。私も家をロスに任せ臨時教諭の仕事に出ていた。

その後、義弟のジョイ家族もやって来て、従弟のボンもやって来て、途中で義兄家族は近くのアパートに移っていったが、しばらく沢山の人数で住んでいたものだ。

フィリピンの人たちは、日本人よりも家族の絆を大事にするらしく、身内のゲストを家族全体でもてなすのである。おそらく、当時は夫のおかげで我が家がフィリピン化していたのに違いない。

ついでに言っておくと、これに乗じて夫は、同時期に那覇で宿に困っていたイラン人の二人も家に連れ帰って来た。季節は夏だった。折しも水不足で隔日断水の真っ最中。

使える水は屋上のタンク一杯の容量しかないのに、全員のシャワーで水を使い切ってしまう……なんてこともあった。何なのだろうか？　博愛主義などの大義では絶対にない。同類愛？　単なるお人好し？　あるいは後先考えない？　場が読めない？　そんな夫の性質や行動に有無を言えず、半ば呆れて巻き込まれていった形だ。

そんなこんなの沢山の思い出が残る一九九〇年代もお互いにやり過ごし、数年前、義兄ジョージーは、日本での長い出稼ぎ労働にもケリをつけ、彼の帰りを首を長くして待っている本国フィリピンの家族の元へと帰って行った。

義兄の日本で使っていた携帯は、帰国時に解約してしまったらしく、帰国後連絡がとれなくなった。夫はそれ以外の通信手段を知らなかったので、義兄の奥さんや子どもたちのFacebookアカウントを知っている、うちの娘たちに相談してみた。ついでに、今年の私たちの誕生日プレゼントは、フィリピン旅行にしてくれないか？　と頼んでみた。彼らは兄妹サミットと称する兄妹の初の集まりで話し合い承諾してくれた。それぞれに旅費を按分し負担してくれて、私たちは義兄とその家族の陣中見舞いにフィリピンを訪ねることになった。

ジョージー家

三十六年ぶりに夫と共に降り立ったフィリピンは見違えるようであった。首都マニラのニノイ・アキノ国際空港は、より大きくなり、便利に近代的になっていた。

ここ数年世界的に流行した新型コロナウイルス感染症の影響で、フィリピンも入国審査が厳しくなり、入国前にe-Travelというアプリケーションに登録が必要であった。那覇のチェックインカウンターで機械音痴の夫と一緒に、にわか仕込みで登録をしなければならずしばし焦った。

フィリピン在の義兄は、昔は「袖の下」で入出国が可能だったと言っていたが、昨今はなんと面倒で難しくなったものか。大昔、怖いもの知らずの勢いで海外に行けた夫も、今後は一人では無理そうだなと考えた。

入国審査は結局アプリは要らずアバウト（適当）だった。数年ぶりの義兄と三十数年ぶりの奥さんと息子（三男）に「Long time no see.」の挨拶もそこそこに我々は三男の高級車（フォードの大型車）に案内された。三男のジェフリーは、義兄家族が沖縄で生活していた時に、唯一沖縄で産まれた息子である。家族で一年余の沖縄生活の後、やはり日本での生活は厳しいと、奥さんのロスと子どもたちは結局本国へ帰って行ったが、まだその頃、ジェフリーは乳児であった。その子がもう三十過ぎの貫禄のある大人に成長していた。義兄やロスも見ない間に皆一様に、ぽっちゃり、でっぷりとした体つきになっており、今やフィリピンではその体軀がセレブのステイタスシンボルとでも言わんばかりであった。きっと不自由のない良い生活をしているに違いない。

ジェフリーのフォード車に乗り込み、私たちは二十数キロ離れたカローカンシティの義兄の家へと向かった。四月の初旬、フィリピンは乾季にあたり、到着時から私のスマホが示す外気温は摂氏三六度を記録していた。が、フォード車の中は空調もしっかり効いて、座席シートの座り心地も良くかなり快適であった。スモークガラスのウインドウを開けると、渋滞しがちの空港近辺の交通網やビル群の発展ぶりが伺える。まるで、東京みたいだと一人ごちた。

昔、私が初めて訪れた時には、だだっ広く、埃と排気ガスの舞う道を、快適とは縁遠い車種で走行し、義兄の家に向かったのだ。だが今般は、フォードの高級車で新しく開通した高速道路スカイウェイに乗って、速くスムーズに移動することができた。

途中にドライブインでの食事を挟んで、数時間で我々は義兄宅へ到着した。どこも昔訪れた時の面影はなく、周囲は家々が立ち並び、密集し、目前の車の往来は激しくなっていた。粗くコンクリート壁むき出しだった平屋は、三階建てのその辺では豪奢な建物に生まれ変わっていた。なるほど、義兄が事あるごとに自慢していた家はこれか、とスマホのカメラに収めた。長い間家族を離れて、出稼ぎ労働の末に結実した自慢の我が家だ。

家では、長男のジェームス、次男のジュリアス、その後フィリピンで産まれた末の四男ジュンジーが待っており挨拶をしてくれた。

ジェームスは当時のことは覚えているが、日本語はすっかり忘れてしまったようだ。現在は独立して市内に二軒の美容室を経営しており、四十四歳にして羽振りが良さそうだ。

ジュリアスはさんざん腕白をしたのに、幼かった故か我々のこともほとんど覚えてないようだった。今は義兄の住宅の一角を使いガス屋の商売をしており、義兄がいろいろやらせた仕事の中で、これが一番実になっているのだそうだ。

ジュンジーは、現在理学療法士として幾つものクリニックを経営しており、今度八つ目を準備して、それらは人に任せ、自身は博士課程に専念するのだとか。また二階の半分を利用してコンピューターゲームの店もやっていたらしい。

彼らは、それぞれ家族を持っても尚、親の家で朝ご飯を食べたり、入り浸ったり、誕生日などイベントごとに集まって、モールなどに繰り出しパーティーをしたりと大変仲睦まじい。

三階建て家屋を職場と住宅とでフル活用しているからでもあろうが、家族間でよく助け合っている。彼らの話を聞いて、見て、義兄はずっと家族と離れていたというのに、なんて素敵な家族を作ったのだろうと尊敬の念さえ湧いて来た。

我々のコミュニケーションがスムーズに行われているかに思われるかも知れないが、実際は、夫のブロークン英語や私のかたこと英語、義兄が覚えた日本語、フィリピンの人が使う英語、タガログ語が混ぜこぜに飛び交い会話がなされている。私は基本文法に従って英語変換し、難しいレベルは簡単な日本語にして義兄に通訳してもらう。夫はわずかな英単語とほぼ情熱で臆せず伝えようとする。

夫が二十代に初めてフィリピンを訪れた時には本当にひどい状態だったらしい。義兄が言うには、簡単な英単語さえも知らず、ほとんどジェスチャーのみを使って会話したのだと、当時のようにシミュレーションをして見せたから、思わず吹き出してしまった。

であれば、今は相当に進歩したと言えるのである。結婚前に高い授業料を払って英語スクールに通っていたのも、そういうことがモチベーションになっていたのかも知れない。もう一つ、以前と違っていたのはスマホ内の翻訳アプリだ。夫はともかく私にとっては大変役に立った代物である。

到着の翌日、その日は奇しくも（いや、しっかり狙っていた！）私の誕生日。私はロスの経営する美容室で、従業員におしゃれ染めをしてもらい、夜は数キロ離れたショッピングモールのレストランで皆にバースデーパーティーをしてもらった。義兄の孫たちも加え、総勢十三名、大声で彼ら独特のバースデーソングを歌ってくれ華やいだ。私は盛り上がりのピークを動画に収め、即子どもらへ送った。例年うちの子どもらが集まって祝ってくれる誕生日を、今年はフィリピンの家族がこうやって祝ってくれたのだ、という思いを込めて。テーブルには懐かしい響きと味の、アドボー、シニガン、あとは覚えきれないポピュラーなフィリピン料理の数々。ジェームスの奥さん手作りのバースデーケーキ。もちろん、六日後の夫の誕生日も一緒に祝ってもらった。フィリピンの家族と祝う誕生会もレアな楽しいひと時となった。

ジェフリーとひた走る

次の日は、カローカンから二五〇キロも離れたフィリピンの避暑地といわれるバギオへ連れて行かれた。ジェフリーが早朝から車両を準備し、助手席に指示、案内役のロス、後部座席に、義兄、夫、私が乗り込む。

ジェフリーはどこへ行くにも彼のフォード車で私たちを案内してくれた。時々、ハンドル横に装着した iPhone の Siri（ＡＩアシスタント）と会話し、位置情報を確かめ、私たちが観光地を見学する数十分の間に、一人ＰＣでリモートのミーティングをこなす。彼はアプリケーション開発の仕事をしており、その収入が家族の大きな支えであるとロスが話していた。お金のかかる場所では常に彼がクレジットカードで支払ってくれるのであった。とはいえ、昔ならいざ知らず、我々の滞在費まで賄ってもらうのは日本人として心苦しく、私たちは相談の上、幾らかの費用を受け取ってもらった。

義兄は長年の無理な労働のせいか、変形性膝関節症を患っており、歩行のために四点支持の杖が欠かせない。杖を使ってさえも我々と一緒に観光地を歩くことは辛そうであった。けれどもずっと我々と同行してくれて、申し訳ないので時々ベンチで待っていてもらったり、ジェフリーの用意した、小型トランク様の乗り物に乗って敷地内を移動した。ジェームズ・ボンドの秘密兵器のようでもあるので、義兄も乗りながら「ジェームズ・ボンドだ！」と時々お道化たりする。

スカイウェイを制限速度一〇〇キロで走行しても尚バギオは遠かった。バギオ山の標高は一五〇〇メートル。スリルに満ちた山道を走行しながら、フォード車のカーコンポからは時折、RADWIMPS（ラッドウィンプス：日本のロックバンド）の曲「スパークル」が流れて来た。新海誠《しんかいまこと》の映画「君の名は」のテーマ曲である。フィリピンでもその映画は上映されたようで、ジェフリーは映画を観た時からRADWIMPSのファンになったという。五月に予定されているシンガポールでのライブのチケットも取っているという。

日本で産まれた子が、今なお日本に興味を持っていることを知り私は嬉しくなった。彼は日本の文字の勉強もしていた。これは後日談になるが、翌五月にはシンガポールから、「おばちゃん、今、RADWIMPSのライブに来ているよ！」とメッセージが届いた。

午後まだ明るいうちに、目的のホテルに着くことができた。マニラの気温は連日三六度を記録していたが、山を登るに従って、気温は少しずつ下がっていき、そこは摂氏二四～二五度になっていた。なるほど、沖縄とほぼ同じだ。この避暑地は熱帯の中の亜熱帯なのだと妙に納得した。ホテル近くのバーナムパークで、おそらく現地の人々が、白鳥のボートが浮かぶ大きな池の周りで涼を求め遊んでいる。出店も土産屋も立ち並んでいる。私たちもそこに紛れてしばし涼を取った。

バギオを手始めに、植物園で先住民の衣装を着せられたり、先住民の創世記を再現した石積みの王国を訪ねたり、幾つかの美術館、パンガシナの兄弟や親戚の眠るお墓に参拝したり、近くの従弟の家で山羊尽くしの料理でもてなされたりと、五泊六日の間に、義兄は痛む足を引きずり、ジェフリーは仕事をこなしながら、ロスは各地の情報を集め、一緒に国中を駆け巡ってくれた。私たちがしてあげた以上のおもてなしだった。

ロスの告白！

三日目に旧米軍施設跡を案内してくれた時、ロスが突然こんな告白をした。

義兄は数年前本国に戻る間際まで、東京でEやJ（東京のもう一つの家族）と暮らしていたそうだ。本妻のロスはそれを知り息子たちを東京へ送って、フィリピンの家族の元に帰るようにと義兄を説得したそうだ。それを東京のEも義兄本人も拒んだ。その件でロスはEと対峙したそうだが、お互いに口論になり、しまいにはロスは二回ほどEにビンタを食らわしたのだと。

義兄がフィリピンに戻って来てからも、言い争いは絶えなかった。お互いに意地になって、ロスが「出ていけ！」と言えば、「はい、そうですか」と義兄がそれに応じ一時別居も辞さなかったようだ。呆れてロスが家の権利書の名義変更用紙を持って、「サインをしろ！」と追い打ちをかける。あれだけ家のことを自慢げに語る義兄がサインをするはずもなく、ロスはこれまでの憤懣を一気にぶちまける。義兄が他国で働いている間、家族はどんなに苦しかったか。四人の男子を一人で育てるために、家計を切り盛りし、仕事を持ち、末の二人を大学に入れ、彼らもまた学費のために働きながら学んで来て今があるのだ。この家は私と息子たちが大きくしたのだ……云々かんぬんと、更に修羅場へと化す。

なんと、突然涙を流しながら、時に激昂しながら話し出したから、我々は面食らってしまった。どう対応すべきか分からず「Yes, I understand.」「I think so.」と、同じフレーズを繰り返すのが精いっぱいであった。夫も真面目に聞いていたが、何も言えずじまいであった。その日のその後の観光は、この一件のおかげで三人とも気もそぞろであったことは言うまでもない。

落ち着くところに落ち着く

そんな状態から如何にして今に至ったかは分からない。私たちが来た時、傍目には何事もないように見えた。休戦協定でも結んでいたのだろうか？

あるいは、幾度かの諍い、話し合いの末に落ち着くところに落ち着いたであろうか？

フィリピンを去る前日、できるだけ早く空港に着けるようにと、空港に近いホテルに宿泊することになった。それでは是非今夜は積もる話もあるし、みんなで飲み会をしようと私たちは提案した。

この日も早朝に義兄宅を出発し、今度はマニラ南部へと車は向かった。フィリピンの著名なアーティストの作品を展示した美術館やカトリックの古い教会跡地、ＶＩＰ御用達の豪勢なレストラン等を巡り、午後にはこれまた豪華な五つ星のアスコット　マカティホテルのデラックスな部屋に足を踏み入れた。

ロスはアルコールの力も借りながら、昨日と同じ話題を振って来た。今日は目の前の義兄を相手に昨日の思いをぶつけている。しかし、泣いてはいない。照れ隠しのように笑みさえも浮かべている。「仕送りもしなかったじゃないか！」と時々突っ込む。義兄は「いや……千ペソ（三千円弱）……は送った……」と口ごもる。私たちがいる手前もあろうが、それ以上の口論に発展することはなかった。私もほろ酔い加減となり、つたない英語力も気にせず五日間のお礼と感想を述べた。

「私たちを歓待してくれてありがとう。このような機会が持てて本当に良かった。義兄は本当に素晴らしい家族を持った。とても幸せだと思う。息子たちもとても親孝行だ。ロスも息子たちを立派に育てた。本当に素敵な家族だ。これからもこの素敵な家族を大事にしてほしい」アルコールのせいか、皆愛すべき家族であると一人感慨にふけっていただけかも知れない。

夫はここに来て、自身の英語力の不足と機械音痴を痛切に感じたらしかった。ある程度の意味は理解できても、皆の会話に入り込めず、殊勝な面持ちで聞き役に徹していた。またいつになく長い時間iPhoneとにらめっこをしていた。彼は言葉少なに、近いうちバギオに語学留学に来たい旨と皆もまた沖縄に来てくれるようにと何度か告げていた。

翌朝、ホテルのチェックアウト前に男性陣は、グーグルマップを使って我々の住所地のストリートビューを一緒に閲覧している。「そう、ここが皆で住んでいた家だ」「そう、ここがジョージーが作ったところだ」「いや、もっともっとあっち側……」三人で子どもみたいにはしゃいで舞い上がって。

その後ホテルを後にし、空港ロビーで「See you again.」とハグを交わし帰路に就いた。

いい旅であった。初めは何とはなしに、年取ると行けなくなるし、今のうちに……くらいの気持ちだった。夫は義兄と連絡が取れないと言いつつ、相変わらず動かないままだから、いつものように私が段取りをしただけである。

今回もやはり何のお礼もなかったが、毎度のことだから気にするには及ばない。

夫は、私の計らいでなく、神の思し召し、起こるべくして起こったくらいに思っているのだと思う。それとも男のプライドというものが簡単には礼の一つも言わせないのか？　そこは今回のロスに対する義兄とよく似ていると思った。あるいは男性一般の習性なのだろうか？

しかし、ある時私は気付いたのだ。言葉で表現しないから、出来ないからといって、そこに何も無いわけではないということを。

私に義兄弟がいたら、夫のように探しに行っただろうか？　否だ。

今回の旅も、関わりも、昔夫が家族を探しに行くことなしにはあり得なかった。

言葉は知らなくても、家族に会いたいという強い気持ちに後押しされ動いたことの影響は大きかった。

恥ずかしながら思い起こせば、表面の不器用さと中にある人間味のギャップに惹かれたのではなかったか？

我が家に外国人が押し寄せた時、何の相談もなくて面食らったが、怒る暇もなく、めったな経験ではない、といつしか楽しんでいなかったか？

懐かしい人たちと再会すること、彼らの幸せを見ることは、私たちをこんなにも熱く豊かにした。

今なら心からこう言える。

どうか元気でまた訪ねて来て！　過去も未来も。

「ようこそ我が家へ」

疑わしきは排除する

新城静治

刑事裁判で「疑わしきは罰せず」という原則がある。しかし「そんな甘っちょろいことでやっていけるか。疑わしきは、即制裁」とうそぶくヤクザの世界もある。私にはこの法外なヤクザの論理が、ミカン栽培と重なっているように思えた。そこで両方を無理矢理関連づけてみた。

ヤクザの掟（一部）

制裁対象の手下

①親分のやり方に不満を持つ

絶対的権力者の親分には従属すべき、という不文律を納得できない。

②組織の一丸体制を乱す

他と足並みをそろえることを嫌い、個人行動が多く、組織への帰属意識が薄い。

しかしそれなりに成果を上げている。

③仲間内でのトラブルが絶えない

同列の者たちとのいさかいが多く、反目する組織に足をすくわれかねない。

④売り上げやその他収入の一部をくすねる

横領は組織への背信行為で、決して許すことができない行為。しかるべき制裁が必要。

制裁の内容

①破門や絶縁

破門や絶縁は組織から追い出されること。破門は情状酌量で、戻れることもある。

②除籍

除籍は老齢や病気、堅気への転向などで、本人自ら組織の脱退を申し出て抜けること。いずれもリンチ（私刑）で肉体的苦痛を伴うことが多い。

ミカン栽培になぞらえると、絶対権力者の親分は、ミカンの栽培管理者で、従えている配下は、ミカン木の枝たち。
①不満を持つ手下は、管理者の意図に反して自由気ままに伸びていく枝。
②組織への帰属意識が薄く一丸体制を乱す輩は、収穫しづらい枝に多くを実らせる。
③同列の者たちとのいさかいは、小枝が重なり合って日当たりや風通しが悪くなっている枝。病害虫が発生しやすい。
④収入をくすねる背信行為は、日当たりや風通し、養分吸収などのためのポジションを独占し、徒長している枝。

ヤクザの親分は、いかに収入を増やし組織を拡大するかが当面の目標。ミカン管理者は、おいしいミカンを多収穫すること、収穫作業を楽にすること。このことをふまえて①から④の枝たちを制裁する。
①への制裁は、実を付け終わった枝を、分岐点近くから切り取る。他は風通しや日当たり、カットする箇所を考えながら排除する。
しかしミカンの品種によっては、枝が勝手に切り取られるのを予感してか、予防策をとることもある。カラタチやグレープフルーツの実生苗は、五センチ近くの鋭いトゲを

つけ身を守る。作業で革手袋をズタズタにされたことがある。このトゲは鳥獣の食害を防ぐことが本来の目的であろう。

②は実績があるため、誘因に努める。ただし手間暇かかるようなら思い切りカットする。

③は重なりを改善し、病害虫に関しては後日薬剤散布をする。症状が重ければ他への感染を防ぐため、すぐに切り落とす。

④は放置すると、規格外の大きな実を付ける。日当たりがよい分、葉の光合成が盛んになり、養分や水分を吸い上げる力も強い。しかし実の数は少なく大味で水っぽいため、他より商品価値が劣る。放置すると木全体を席巻するようになり、他の枝が圧迫される。このことを、農業従事者は「木が暴れる」と表現している。初期の段階で切除し、分岐する枝を増やす。

ヤクザの親分は、このような背信行為を見落とすか、黙認することもある。かなりの実績があると、少々の抜き取りは見て見ぬふりするのだろう。放置すると組織が乗っ取られたり、造反して仲間を引き連れ別組織を結成されたりする。

ミカン栽培でも似たような状況が起こりかねず、後顧の憂いを絶つため、即排除する。

いずれの場合も、お勧めご苦労さんという思いを心に留め、ばっさり切る。以上はミカン剪定を中心に述べたが、剪定後以下の作業がある。

①施肥

剪定は若い有用な枝を増やすことにあるが、そのためには十分な肥料を与える必要がある。新芽を出し、枝葉を増やす栄養成長には窒素肥料を多めに与える。

②花芽《はなめ》

花芽は実の元になるため、芽が出る数週間前から生殖成長が始まる。その頃は窒素肥料を控え、リン肥料を多めに与える。新芽も花芽も虫による食害が多く、薬剤散布は欠かせない。

③摘蕾と摘果

木の状態や前年度実った実績で、一本の木に実らせる数を調整する。多すぎれば、摘蕾する（花のつぼみを摘む）。最近はカメムシによる被害が多く、膨らんだ実の汁を吸われ、摘果せざるをえない不良品が増えている。

以上は私が関わっている農園での剪定作業だが、このことに注力するようになったきっかけがある。

五十年以上前、菊の玉造《たまつくり》に熱中したことがある。黄色い小菊を五鉢ほど、直径が一メートル以上ある半球状に育てた。その時植物の栄養成長と生殖成長についての知識を得た。栄養成長から生殖成長へ移行するとき、気温や日照時間の変化がスイッチオンとなり花芽ができはじめる。

私が育てた菊は九月半ば開花で、その二ヶ月前の七月半ばから花芽の生殖生長へ移行している。うりずんの頃から栄養成長で伸び始めた新芽を、毎日摘芯した。その甲斐あって満足のいく玉造になった。あの時植物の成長のメカニズムを知った喜びが、ミカンの剪定作業に繋がっている。

参考　松江地区建設業暴力追放対策協議会編「暴力団ミニ講座」

日本「国体」の「構成的外部」沖縄

玉木一兵

首里城炎上の死角

一九五九年中学三年の秋。琉大記念運動場（現首里城の建つ地）で走っていた。陸上部員だった僕は、休日の夕方、ひとりで首里坂下の松川区の家を出て寒川を抜け、金城町の石畳を駆けあがり、大学のお兄さんたちと黙って並走していた。夜風を切って西の空を駆け抜けた。息抜きに西南の岩場に立つと、眼下に那覇の街の灯が連なり、その向こうに青い慶良間の島影が微かに見えた。

この広大な裸地に、一九五〇年、琉球大学が開学。戦後沖縄の復興に尽くした幾多の人材を輩出、三十年余を経て、西原町千原に移転。その跡地に一九九二年に首里城が復元され、沖縄一千年史のシンボルとして二〇〇〇年には世界遺産に登録されるまでの遺構兼建造物となった。

話は飛んで一九四七年、いわゆる「天皇メッセージ」が発せられた。その核心は昭和天皇が「米国が沖縄の軍事占領を継続」することを希望したが、それは日本全土を保護することにもなるからであった。より具体的には、米軍が去った後に共産党がソ連の〝指示〟を受け、いわゆる「間接侵略」することを懸念したからである。昭和天皇は「主権を日本に残したままでの長期の租借（二十五年から五十年、あるいはそれ以上）」を希望し、「沖縄の主権を日本に残す」ことに執着した。つまり昭和天皇にあっては、本土の「安全」を確保するためには、沖縄が本土から切り離されてはならなかったのである。

さらに戦争末期においては、総攻撃をかけて沖縄で一度米軍を叩いてから和平交渉に入るという戦略に期待を寄せていた。また和平交渉のとりまとめにおいては、「なるべく固有本土を以て満足す」とされ、固有本土の解釈については、最低限沖縄、小笠原、樺太を捨てることであった。（古関彰一・豊下楢彦著『沖縄　憲法なき戦後』みすず書房二〇一八年　六〇頁〜六六頁）

令和の今日、天皇制度はまだ日本国民の絶対多数の思いを汲んで、歴然と存在している。それを享《う》けて現政権は再び「沖縄を捨てて」国防体制を強化しようと構えている。皆で沖縄に生きる次世代の子供たちのために、今般の「首里城炎上」を奇貨《きか》とした政権中枢による、辺野古新基地建設の正当化を拒絶しなければなるまい。

少年が視た廃墟の幻を再度凝視する必要がありそうだ。城の再建は百億以内、基地建設は一兆では収まらないというではないか。その上戦場になれば、沖縄本島そのものが、日米共同作戦下の「ＡＩ兵器」の餌食となり炎上するのだ。決して幻想ではない。

糸蒲の塔にて

一月下旬、早朝ウォーキングで糸蒲《いとがま》の塔の前に立った。志真志《しまし》の家を出て、沖縄自動車道を跨《また》ぎ、琉大北口から構内に入り東に直進。球陽橋を渡り東口に出て県道19号線を横切り直進したところに、塔の建つ丘がある。丘は首里城から中城城址に至る「中頭方《なかがみ》東海道ハンタ道」沿いにあり、標高一五二ｍの高所。太平洋を望む中城湾を囲むように、知念岬の先の久高島が海上に平たく遠望。水平線上の厚い横雲の隙間から鮮烈な太陽光が射して湾上の海面を照らし、遠く島尻方面まで斜光を放っている。

三角錐型の塔の慰霊の碑文を読む。「独立歩兵第一二大隊隷下将兵は／この地一帯に陣地を構築し／破竹の進撃を続ける米軍に対し勇戦奮闘／敵の心胆を寒からしめたるも／昭和二十年四月戦死者続出せり」とある。そして「昭和二十六年二月地元有志相はかり／散華せる将兵の遺骨約八百柱を奉納し／糸蒲の塔と名づけしが、（略）その遺烈を伝う」と続く。

文中の次のコトバたち即ち〈隷下将兵・勇戦奮闘・散華せる将兵・その遺烈〉等の周到な語彙が、いかに戦前の天皇を擁する日本が、国民の思想信条を鼓舞しその責務を全うせしめたかを物語っている。その上、塔の建立は、「南方同胞援護会」という国の機関が資金的助成をしたことが、敬意をもって刻銘されている。

太平洋戦争終結後、二十七年の長きにわたって日本「本土」を護るという大義をかざして、米国の軍事基地に供された沖縄の島々には類似の塔や碑文が無数にある。二〇一九年秋炎上した首里城下に眠る第三十二軍壕の秘匿と同じく、それらが、軍国主義を称揚する類似のコトバを内包しつつ今も息衝いている。

島尻方面の丘陵地帯の山並みを眺めていると、影絵となって摩文仁の「平和祈念像」や「ひめゆりの塔」が現れた。北方ヤンバルへ目をやった。新基地建設中の辺野古崎の工事現場の光景が黒々立ち上がってきた。「いつか来た道」が目前にある気がした!

夢想

ユネスコ世界遺産委員会が（二〇二一年七月二十六日）「奄美大島、徳之島、沖縄島北部および西表島」を世界自然遺産に登録すると報じた。以前から私は沖縄の「独立的自治州」構想に多大な関心を抱いていたので、その好機到来と直感した。何故なら、戦後日本は「民主主義」と「戦争放棄」を標榜する平和国家として船出したからである。

しかし沖縄は日本復帰を挟んだ長い道程の中、日本「国体」の「構造的外部」（白井聡著『主権者のいない国』講談社　二〇二一年）として、「日米安保体制」と「九条平和主義」の矛盾を隠蔽する道具にされてきた。戦後八十年を経ての、現在の米軍専用施設の沖縄への七〇パーセント集中はそのことを如実に表している。従って地球規模の東アジアにおける米中対立下の覇権主義的日米同盟の基《もと》では、「構造的外部」として再び遺棄される宿命にある。

故にこの度の、ユネスコにおける我が南西諸島の「世界自然遺産登録」の認定は、我が沖縄が名実ともに地球規模で、世界平和を希求する「不戦の砦」として地球上の一角に不動の位置をしめる機会を得たということに等しいのではないかと思う。従って「戦闘」に命をかけるのではなく、「不戦」に命をかける「独立的自治州沖縄」の近未来の時節到来と、夢想した次第である。

恩知らず

長田　清

祖母のこと

間が悪いとはこのことか。大学院の学生だったとき、京都で行われた生理学の国際学会に参加していた。自身の発表もないし、英語ばかりの発表ですぐに飽きてしまった。トイレに行くついでに会場の外に出て、構内で新緑の京都を味わうつもりだった。それが、バス停留所が目に留まり、たまたま来たバスに飛び乗った。賑やかなところでバスを降り喫茶店に入りコーヒーを注文した。普段読むことの少ない全国紙の新聞とスポーツ紙をじっくり読んだ。昼食時間が終わってバスに乗る頃には罪悪感が出て息苦しくなったが、会場が見えてくると安心した。急いでホールに入って紛れ込もうとしたが、会場エントランスで研究室の先輩から声を掛けられた。「長田さん、皆で探していたのよ。会場で呼び出しもしてもらったし」えっ、サボっていたのが皆にバレている。「沖縄から電話で、お祖母様が入院して危篤だって」「えっ……」「すぐに帰ってらっしゃいって」。
こんな緊急時に、学会をサボってほっつき歩いて、先輩達の顔がまともに見られない。俯いたまま礼を述べ、荷物を持って逃げるように会場を後にした。バチが当たったバチが当たった、心の中で呟いていた。京都駅から特急で博多駅に向かい、鹿児島本線に接続し、翌日鹿児島港から沖縄行きの客船に乗り、二十時間ほどで那覇に着いた。

そう、私はお祖母ちゃん子だった。小四まで祖母と一緒に寝ていた。働いていた母に代わって祖母が私の面倒をみて、市場に買い物に行くのにも私を連れて行き、沖縄そばを食べさせてくれるのが楽しみだった。小学生までは躾に厳しかったが、中学以降は怒られなくなった。沖縄に戻って医者になる姿を見たがっていたが、私はそんな気はなく、研究と称してモラトリアム（就職猶予期間）を楽しんでいた。

港から直接病院に駆けつけると、家族皆が「きよしが来た」と喜んでくれた。私の顔を見て力無く微笑む祖母の顔は蒼白だった。消化管出血があり輸血したそうだ。翌日祖母は亡くなったが、急変したときに、当直医に心マッサージを手伝わせてもらったのが、ありがたかった。

祖母は教員をしていたが、税務署員だった夫が病気で急死してからは婚家を出て、金融会社に勤めながら一人で子供四人を育てている。その後夫の保険金を元手に始めた商売が軌道に乗るようになってからは、故郷国頭《くにがみ》の人々の応援もしている。北斗婦人会の会長もした。家には教員の出入りも多いが、花柳界の女性達も出入りしたので不思議だった。後に母から聞くと、故郷の人達が子供を大学に行かせるために、田畑を騙されずに処分する手伝いをしたり、東京の下宿屋の身元保証人になったり、身売りで売られて来たお姐さん達の年季が明けて商売するときの資金を貸したりして応援していたらしい。よくは知らないのに「金貸し」かと、内心恐れと軽蔑の気持ちを持っていた。

祖母が亡くなった後、母が時々テレビに出て来る著名人を、「あの人もこの人もよく家に来て飲み食いしていたのよ」とか、「この人は恩知らずよ」とか言うのを不思議な気持ちで聞いていた。戦争で財産の大半を失った祖母がそんな力を持っていたことは想像もつかない。ただ確かに、市場に行くとあちこちの商売人の家に裏口から上がり込み、歓迎され談笑していた。有名な料亭も勝手口から入り、私も歓待された。祖母はそういう交遊もあり、花札遊びが好きだった。トランプゲームも知っていた。私は祖母から手ほどきを受け二人でよく遊んだ。

葬儀のとき、遺族席に座り祖母の思い出にふけっていると、ふと「恩知らずよ」という言葉が頭をよぎった。無意識の深い闇の中に沈潜していたが、母が他人に向けて発したひと言は今私を刺していた。祖母に対して、可愛がられているのをいいことに、何も恩返ししていないことに気がつき狼狽《うろた》えた。慌てて、死に目に会えたこと、心マッサージできたことで少しは返せたかもしれないと考えるが、あの世で誰かが祖母に「あんたの孫は恩知らずよ」と耳打ちしている気がしてならなかった。葬儀の進行とともに、そんなざわついた胸は閉じて、人々の哀悼の念に心を通わせて過ごした。そして三日後、帰る日の母の一言「きよしもご苦労様、あなたが来てくれておばあちゃんが喜んでいるわ」の言葉に救われた。

祖母と父

私たちは終戦後、祖母が建てた松尾の家で生活していた。長男を戦争で亡くした祖母は、次女である私の母と暮らした。父と母は四畳半の小さな部屋に居て、私と祖母は六畳二間続きの広い仏間で寝起きしていた。経緯は知らないが私が小学五年のとき、祖母は次男の家に移り住むことになり、私たちは父が建てた新しい家に引っ越した。弟も生まれたばかりだった。だが一年ほどで祖母が戻ってきた。嫁との関係がうまくいかず、自分がお金を出した家にもかかわらず追い出されるように出てきたらしい。今度は立場が逆転して、祖母が居候《いそうろう》のように六畳の畳間に入り、父に遠慮するようになった。

父は寡黙な人だった。私への声かけもないが、母に対しても「めし」「風呂」の声もない。言わなくても用意されていることが要求されていて、それがないと不機嫌になった。父の生活は判で押したようなもので、帰宅後夕刊を読み、食事をした後は自室にこもり仕事をした。私が小学校高学年の頃父は、本島北部の辺野古の米軍基地建設のために早朝から迎えに来た会社の車で出かけ、夜は七時頃帰宅した。水道施設やクーラー設置の設備設計の監督をしていたらしい。


新しい家では、母は弟の世話にかかりきりだった。笑ったところを見たことのなかった父が、弟には相好を崩してよく抱くようになったのは意外だった。

そして力関係の変化は明白だった。二年前は、祖母、私、母、父の順位だったが、新しい家では父、弟、祖母、母、私となった。後に女帝になった母は長年低い地位に甘んじていた。そんな中でも、周りの人間関係に興味のなかった私は最下位にいても気にならなかった。というものの、父のいない場面においては、長男というアドバンテージ（優位）があるので、私、祖母、母、弟という位置にシフトするからだった。例えば中学生のあるとき、何処かからケーキを二個もらったときに、幼稚園児の弟が手を出そうとすると、祖母が「ダメ、これはきよしのもの」と弟をたしなめた。そして母がもう一つを父のために水屋に納めた。私は、じゃあ半分こしようと言うが、祖母は納得せず「きよし食べなさい」と言う。かように尊重されていた。

それでも父が帰ってくると家の空気が一変し、祖母は自室に引っ込み、弟が父に抱きつき、母は急いで台所に走り、私は部屋の隅で静かに本を読んでいた。深く考えることはなかったが、父が苦手だった。いつも無表情で無口、怒っているのかとさえ思えた。新聞でいつも顔を覆っていて、ときどき新聞のページをめくるとき、畳んだ隙に目が合うことがあり、じろりと睨まれる気がした。

集中内観

祖母の死後、私は精神科医になり精神病院に勤めた。幻覚や妄想などの精神病症状に苦しむ人達には薬物治療が有効で、親身になって寄り添えば治療はそこそこうまくいった。それがある日からひと筋縄ではいかない一群を相手にすることになった。アルコール依存症の病棟を担当することになったからである。彼らは、飲酒により問題行動を繰り返し、臓器障害を起こしながらも酒が止められず入院してきている。だから入院して酒が飲めなくなるとすぐに元気になる。普通の人間に戻る。されど社会に戻せば早晩飲酒が始まり、同じことを繰り返すことになるので簡単には退院させられない。

彼らに対して心理教育して、飲酒の問題点や健康の大切さ、家族のありがたさを伝えるのだが、馬耳東風である。飲酒の言い訳を並べ立て、あまつさえ「酒を飲んで何が悪い」と開き直り若造医者に議論を吹っ掛けてくる。彼らは経済的に破綻している上に、老親や妻子に迷惑をかけ続けていて、質《たち》が悪い連中としか思えない。

一方彼らは、「正論で説き伏せようとする私に「先生はわしらの心がわからない」「酒飲みの気持がわからんのよ」と反発する。心が通い合わず膠着状態が続いているときに、院内断酒会に参加してきた外部の元アルコール依存症患者を見て驚いた。穏やかな表情に健康的な所作、相手を思いやる言葉遣いが一際《ひときわ》輝いていた。興味を持って話を聞くと集中内観を受けたおかげと言う。そんな劇的に人間を変える心理療法に興味を持ち、早速入門書を取り寄せ調べてみると、アルコール依存症や非行少年、刑務所に服役中の囚人にも有効であるとのこと。患者さんとの関係で袋小路に入っていた私は、早速奈良大和郡山の内観研修所に出かけ、一週間の集中内観を体験することにした。

一九八七年五月、創始者の吉本伊信先生がまだご存命のときで、簡単な説明の後部屋に通されて内観を開始した。吉本先生は、一、二時間に一回面接に回って来るが何も言わず、殆どが自問自答で行われた。両親、祖父母、配偶者、子供、その他の対象者との関わりを、小学校低学年、高学年、中学、高校時代、それ以降三年区切りで調べていく。「してもらったこと」「して返したこと」「迷惑かけたこと」の三つのテーマで調べる。「してもらったこと」を調べるのは意外と難しい。親から何かしてもらうのは当たり前だと思っているから、わざわざ「してもらったこと」と認識し直すのには抵抗があった。

初日は、母にご飯を炊いてもらった、お風呂に入れてもらった、遠足のお弁当を作ってもらった、などの無難な答が見つかりホッとした。父に対しては、抱いてもらったことすらなくて、お給料を家に入れて貰ったことくらいしか思いつかない。迷惑かけたことは格別にはない。しかし内観に集中して三日目、一気に内容が深まった。母や妻に対しては、当然のことながら多くの「してもらったこと」が溢れ出てきて、感謝の気持ちに包まれた。

祖母に対しても二巡目から深くなった。共働きの母に代わって祖母が、夕食や入浴などに関わってくれ、二人だけの食事が多かったことも思い出した。宿題をやったかといつも注意されて怒られながらやっていた。中学に入った頃からは、優しい祖母に変身していて、仲の良い遊び相手になっていた。大学生になっても毎年のお年玉は続けて貰っていた。「して返したこと」は、となると詰まった。祖母の望む医者になったことも、実は祖母のためにではなく自分のために選んだこと。たまに帰省して、祖母に顔を見せたことも、自分が友人達に会いたくて帰ったので、祖母のためにしてあげたことではなかった。早く地元に帰って、医者の姿を見せてほしいという願いも聞き流していた。祖母の愛情を貪《むさぼ》るだけの身勝手な自分に再び「恩知らず」という言葉が浮かんできて、たまらず慟哭した。しかし、その後不思議と気持は落ち着いた。内観を続けることで、祖母がこんな私でも許してくれていることが感じられたからである。

父の内観

苦手な父に対しては、内観するのが怖かった。嫌いというわけではないが、関わりたくない、考えたくないという感じである。戦前信州で、父は十一人兄弟の七男として生まれ、結核の既往があり徴兵検査に落ちて、戦争中は軍需工場で働いていた。蒲田の工場で母と出会い、恋に落ちたらしい。戦後母を追って漁船の船底に潜んで鹿児島から密航して米国占領下の沖縄に来ている。アルバムの写真を見るとそんな武勇伝の似合わない、メガネで細身の、笑うことの少ない技術者だった。

怖い父は、ただ大きな壁のような存在だった。高校時代に望んだ友人との旅行も父に反対された。買ってほしい自転車も父が却下した。母に何かおねだりして「お父さんに聞いてみるから」と言われたら「じゃあいい」と引っ込めた。かように意地悪するだけの存在だと感じていた父から、「してもらったこと」を嫌々考えていると、幾つか浮かび上がってきた。そう言えば家族のアルバムに、小三のとき、父と一緒に中城《なかぐすく》城趾で写っている写真があった。小六で名護の許田で海水浴した時の写真もあった。物怖じしない姉に引っ張られて、幼児期父の膝に乗った記憶も甦《よみがえ》った。そこには父の笑顔があり、さらに思い出すと、父は直接私を叱ることはなかった。母が「お父さんが怒っているよ」

という言葉で私を注意していただけだった。

中学でも高校でも、成績が下がっても注意を受けなかった。私のやりたいようにやらせてくれていた。それどころか、私が大学に合格した家族の祝いの席では、父の笑顔もあったことを思い出した。大学から帰省して友人を家に連れて帰ると、冗談も言って歓待してくれていた。なんと、私が父親に抱いていた、冷たくて無口で怖い人というイメージは、私が勝手に作り上げていた幻影だった。


さらに父に対して「迷惑かけたこと」はいろいろあった。大きく胸をえぐったのは、あの父の後ろ姿を思い出したからだった。大学二年のとき、七〇年安保に対する学生運動の嵐が全国の大学に吹き荒れていた。私も例に漏れずその渦中にいた。大学なんていつでも辞めてやると、心配する母と電話で話した半月後、父が下宿まで私を訪ねてきた。

警戒する私に、父はオートバイでの日本一周旅行を勧めた。「勘当だ」と怒鳴られるかと思ったが違っていたのでホッとしたのと同時に、急に怒りがこみ上げてきて「この大事な時局に、自分一人逃げ出せと言うのか。そんな卑怯な真似はできない」と父親の考えを利己的だと批判した。もっと大義でものを見ることができないのかとも言った。初めて父と議論したが、父は悲しそうに頷くだけで、反論しなかった。三十分程で肩をすぼめて帰って行った。その後ろ姿の背中が細く悲しげだったのが思い出された。遙々《はるばる》沖縄から道を踏み外しかけている息子に会いに来てくれたのに、ねぎらうことも、感謝することもなく、冷たく突き放した残酷な自分がいた。十数年前の己の所業に驚き、悔悟の念から嗚咽《おえつ》が止まらなかった。

内観により、家族（父、母、祖母、妻）や嫌いだった教師達からの注意・叱責は私への愛情や思いやりであったという真実に気づいて、生まれ変わった思いで当時住んでいた岡山の家に戻った。妻には大和郡山駅の公衆電話から、謝罪と感謝の気持を伝えていた。一週間ぶりに帰ってきた私を見て、「後光がさしている」と言ってくれた。

その後患者さん達を見る目が変わった。この人達は身をもって私にいろいろ教えてくれている。人生が一筋縄ではいかないこと、私の愚かさ未熟さも。彼らが私の師である。人生には多くの愛が溢れている。それを皆にも発見して欲しかった。私が笑顔になり、患者さん達にも伝わった。スタッフが続いて集中内観を受けて来てくれ、病棟で内観ができるようになった。

父は私が集中内観を受ける一年前に、脳梗塞で左不全片麻痺となり、仕事を辞め家でリハビリをしている状況だった。それを支えている母から、いつ帰って来るのと、遠回しの催促があったが、まだまだ研究も勉強もしたいと無視していた。しかし内観で、自分の都合だけを優先して、大切なつながりを考えずに生きていることに気がついた。大恩を受けた両親をほったらかしにはできない、亡くなった祖母にも顔向けできない。内観後間もなく、両親の下に帰ることを決意し、一年後に故郷に帰った。

父の晩年

沖縄に戻って一緒に暮らすようになったが、父は一層偏屈になったようだった。無表情で、言葉も少ない。孫を抱いてもくれない。脳動脈硬化症も進行しているだろうし、体も不自由になっているから殻に閉じこもっても仕方ないなと思いつつも笑顔のない父の姿は寂しかった。それでも父は毎日近所のジムに、杖をつきながら一人でリハビリに通った。雨が降っても三六五日休まず通った。これは驚嘆することである。

その後も父はいろいろと病気をした。狭心症で入院してバルーンカテーテル治療を受けたとき、術後二日目の夜に事件が起こった。父が尿道カテーテルを引っこ抜いて尿がこぼれてしまったのだが、「病室にネコがやってきて、看護師さんが水を撒いて追い払ったから、ベッドが水浸しになった」と、翌朝父が怒っていた。看護師さんは困った顔で「ネコはいなかったですけどね」と言う。母は「駐車場に野良ネコがいたから、それが上がってきたのよ」と父の肩を持つ。私にはそれが、術後せん妄だとすぐに分かった。夜間一時的に意識が錯乱して、幻覚などが見え興奮状態になることである。争わずに父を受容し、「夜間の戸締まりを厳重にして、灯りは消さないで夜でも明るくするように病院にお願いするから、これからは大丈夫だよ」と伝えた。父も母も満足した。

その後詰め所に行き看護師さんに謝り、父の精神的病状を説明しせん妄への対策をお願いした。私が仕事に戻った後、父は母に「神さま仏様きよし様」と言ったそうだ。褒められたことがなかったので、初めて冗談めかして感謝する父に驚いた。冷たく映る仮面の下に隠れているウイット（機知）を知り、心がつながった。

思い出すと幾つも出てくるが、もう一つエピソードを。父が口腔癌で手術をした後、数日間夜は母と私とで付き添いをすることになった。私が夕方仕事を終えて六時から十一時まで付き添い、その後朝まで母が泊まる。上顎の手術のため、口が開けられず発声できない父の枕元にはメモボードが置かれた。術後排便がなく、看護師さんは「まだですか」と何度も聞くので、父も母も早く出さなくてはと気にしている様子だった。私が当番の十時頃排便があり、私が介助して始末した。その後父は私にメモボードを渡した。「ウンが出た。運のない息子に感謝」。それで、私に迷惑かけまいと母が来るまで我慢していたことがわかった。ダジャレで表現している。さすがオヤジ、笑点に出られるぞ。口元は笑ったけど、父の思いやりに目頭が熱くなった。

父のおかげ

それから二年後に父は亡くなった。亡くなる前、夜は病室で話をした。もちろん相手は無口、しかも低酸素状態で意識は薄れているので返事はない。自分は父に「して返したこと」は、こうして世話をしているからできているはずだと思っていた。しかし二人っきりで向き合っていると、父に冷たくしたことも幾つか思い出した。

「お父さんは、あなたが帰ってきて精神病院を建てることを楽しみにしているのよ。自分で設計して、事務長もしたいと」

「何を言うか、僕は研究や地域社会への貢献が目的で仕事をしている。病院建てて金儲けなんかするか」

精神科医に成り立ての頃、母にきつく言い放ったことがあった。いつもそうやって、母を間に私たちは間接的に会話をしていた。他郷の地で、友だちもなく一人頑張って子供を三人育て、医者にもした長男に僅かな望みをかけた。当時それを、父のエゴだと感じた。自分が金儲けしたいから息子を利用したいのだろうと思って拒絶した。ああ、何と私は浅ましい恐ろしい人間であろうか。父は、父はただ……私のために、役に立ちたかっただけなのに。いつの間にか深夜の病室は内観の場になっていた。

父は時々このまま逝ってしまうのかと思わせる無呼吸が続くが、ターミナルケアなので、私が一人で見守ることができた。父が苦しい息を続けるのが申し訳なく、早く楽にして上げたいと思いながらも、この時間は父の最後の贈り物として私はその苦しみを享受した。二日後父は楽になった。語り尽くした私は晴れ晴れとした。ありがとうオヤジ。

通夜、告別式、火葬と、忌引きで休んでいる間に、父に「お返しする」ことはないかと考えてふと思いついたのが、開業する事だった。思いもよらない考えが出てきた。精神病院より社会に出て活動したいという思いはその前から少しずつ芽生えてはいた。父が望んでいたことを少しでも叶えたいという気持が私を後押しした。

父が亡くなった丁度一年後に私は開業した。でも父のためと言いながら、自分のやりたかったことをやっただけだ。結局、父には何も「して返せて」いない気がする。それでも父に見守られているのが分かるから、これからも甘えて生きられる。

亡くなった祖母や父から多くの恩を受けてきた。それどころか、私を取り囲む家族、親戚、友人、仲間、クリニックのスタッフそして患者さんからも、多くの人達から日々恩恵を受けて私は生かされている。それらのおかげに対して私は誰にも恩は充分に返せていない。だが、罪悪感はない。むしろ恩を受けるって素晴らしいことで爽快感すらある。これって恩知らずだろうか。否。私なりに日々、周りの人に、親切や思いやりの恩を送っているつもりだ。「自利利他」すなわち、自分の幸せが他人の幸せにつながるということかな。

今思う、恩は直接その人に返さなくてもいいのだ。皆に、広く社会に返そう、恩を送ろう。そしてまた皆から貰おう。

芽吹き

仲原りつ子

十月の半ば頃、東京から電話が入った。

「覚えていらっしゃいますか。以前、見学に伺った○○の森保育園のKです」「○○の森」という名前を聞いてすぐに思い出した。何年前になるだろうか、まだ新型コロナウイルスの流行前だった。増え続ける待機児童の解消をめざし、首都圏に百余りもの保育施設を設置運営している会社の会長さんが、職員募集のため沖縄出身の職員を伴い、県内の保育士養成校を訪れた折に私の園に立ち寄ってくれたことがあった。

「覚えていますよ、お元気でしたか」。すると彼女は、「実は毎年園長研修で、各地の保育園を訪問させてもらっているのですが、今年は沖縄ということで、是非ともあおぞらこども園さんを見学させていただけないかと思ってお電話しました」と言う。「うちで良いならいいですよ。いらっしゃるのはいつですか」「よろしいですか！　ありがとうございます。以前お伺いした時、会長が《あおぞら》さんの保育環境にとても感銘を受け、東京に帰った後、職員にも是非《あおぞら》さんを見せたいと申しておりまして。あの、参加者が一三〇名程になるのですが大丈夫ですか?」「一三〇名ですか!……」。

実はあおぞらこども園は、故斎藤公子先生の保育の実践園として、以前は国内だけでなく韓国や中国からも年間二百名前後の見学者を受け入れていたこともある。

斎藤公子先生は、埼玉県さくら・さくらんぼ保育園の創設者で、自然豊かなあそびの環境の中で、全身をたっぷり使ってあそび込み、脳科学に裏づけられた毎日の「リズムあそび」や運動神経の発達を促す保育実践は、映画やＤＶＤでも全国に紹介され、その保育にあこがれ取り入れる姉妹園が全国には多数存在している。

コロナの大流行で全ての活動が停止した。だが、昨年あたりから、また少しずつ見学申し込みが増えてきた。一度に一三〇名は想定外の人数でちょっとびっくりだが、あおぞらこども園は農道を挟んで三つの保育施設が隣り合って建っている。敷地も三千坪あるので順繰りに見学すれば大丈夫かな、と思いながらＯＫの返事をしてしまった。研修は十一月末か十二月のはじめ頃に予定しているという。詳しいことは決まり次第あらためて連絡をもらうことになった。

それから暫くして詳しい日程と、参加人数が一五六名になったが大丈夫かと電話が来た。沖縄ということで参加希望者が増えたらしい。各園の園長先生が一五六名。聞けば、今現在、首都圏（東京・神奈川・千葉・埼玉）に二百の施設があり、職員総数三五〇〇名と沖縄では考えられないスケールの会社だということがわかった。会長さんは東大卒業後、米国公認会計士に合格された方らしい。以前いらした時に、一つの保育園を運営するのでも精一杯なのに百もの保育施設を運営するなんてまるで神業……と思いながら園内を案内した。見学後「今までたくさん保育施設を創ってきましたが、このような保育園に出会ったのは初めてです。感動しました」と話されていたのが印象に残っている。

一三〇名も一五六名もこの際似たようなものだ、なんとかなるだろう、と引き受けることにした。

ところがとんでもないことが起きた。見学の日に「あおぞら・あおぞら第2こども園」の年長クラスの宿泊保育の行事が組まれていることがわかったのだ。その日程と重ならないようにしたつもりだったが、私の勘違いで見事にダブルブッキング。頼みの綱の園長、副園長が引率で二日間不在になり、おまけに両園の主幹とベテラン教諭あわせて三人がその前日から県外へ紅葉狩りの旅へ出かけるため年休をとっているのだという。万事休す。さぁどうしよう。残った職員でどうやって対応しようか……。

思い悩んだ末、その日が週休に当たっている職員に事情を話し出勤してくれるよう頼んでみた。八人全員が快く引き受けてくれた。幸いなことにその日は土曜日で登園している園児も少ないので、現場から二人、あわせて十人で案内することになった。

見学日当日、十時を過ぎたころ、三百メートルほど離れた大通りに止めた三台の観光バスから次々と人が降りて来た。道の両側はキビ畑。保育園へと続く長い一本道を埋め尽くすように人の波がゆっくりとこちらへ近づいて来る。一五六名の大人の集団。見たこともない光景に胸が躍り、私は思わず出迎えに飛び出し、一本道の農道のちょうど真ん中で、先頭を歩くKさんや会長さんと数年ぶりの再会を喜び合った。

案内は思っていた以上にスムーズにいった。十時半にスタートし、十二時には三つの保育園全てを案内することができた。終了後、私たちは門の両側に並んで立ち、さよならと見送った。それから農道に出て、一五六名の大行列が見えなくなるまで手を振った。特に相談したわけではなかった。が、一時間半、九つのグループそれぞれに担当の職員が付きっきりで案内した結果、自然にそうなった。そして誰言うともなく、「あぁ楽しかった」と言った。「そうそう、説明するたびにすごい！って喜んでくれるのよね」と嬉しそう。

一番歓声が上がったのが二階に設置されたプールだったらしい。底がところどころ丸くガラス張りになっているのを下から見上げて「ワォ！　素敵ですね、泳いでいるのが見えるなんて。子どもたちも潜るのが楽しいでしょうねと、皆さん目をキラキラさせていました」と。

「子どもたちの集中力が凄いですね。こんなに大勢の人が見学に来ても、一瞬私たちを見るけど、また自分の遊びに戻って遊ぶ。それって凄いですよ。感動しました、と誉めてもらいました」

「職員の子どもへの声かけが素晴らしい。これほど施設が広いと大きな声が飛び交っていそうですが、子どもの元気な声は聞こえるけど大人の指示、命令的な声が聞こえないですね、と驚かれました」……。

案内を無事終えて、職員たち誰もが達成感に満ち、喜びで輝いていた。

それから数日たち、毎日のようにお礼の手紙が届くようになった。なにしろ一五六名。

「東京とは全くと言って良いほど違う環境に驚きつつ、自分は今まで何をやっていたのだとショックを受けるほど素晴らしい園舎や園庭、室内環境、楽しそうな先生方と子どもたちの姿でした。何歳になっても園へ訪ねてきてくれる卒園児や保護者。その子たちを知っているくらい長く働いてくれる先生方……。本来大切にしたいことを大切にできていない現状を打破していく必要があると感じました。あおぞら福祉会の園を見学させていただき、保育とはこんなにも素晴らしく楽しいものだったと思い出すことができました」

「全ての場所において子どもたちの発達に結びつく工夫をされている園舎、園庭に感激しながら、夢中で園内の写真を撮らせて頂きました。引率して下さった先生のお話が分かりやすく、その楽しそうな口調から自園の保育にとても自信を持っていらして、日頃の子どもたちとの関わりを楽しんでいらっしゃることが強く伝わって参りました」

「案内を担当して下さった職員さんが園のことを大好きで伝えたいことが沢山あり、熱意を感じました。私は、①グループのM子さんに案内していただいたのですが、見学の途中この園に育ててもらったと思っている、と仰っているのを聞いて胸が熱くなりました。私も自園の職員にそう思ってもらえるようになりたい。あおぞらこども園はまさに第二のお家として子どもだけではなく、家族や職員にとってもとても良い環境なのだと感じました。ただいま！　と帰りたいです」

「見晴らしの良さや自然を生かした遊具などのハード面はもちろんのこと、《こどもファースト》な姿勢と、その情熱が保護者の方々、ひいては役所にも伝わっていった過程をお聞きし、深く感銘を受けました。自分も本部の人間として、現場の園長や職員が《やりたい保育》をのびのびとできるような環境が作れるよう改めて奮い立たされるような貴重な経験となりました」

「私自身もここに通いたいと思う程、ワクワクする時間を過ごすことができました。病後児回復期のお部屋、それぞれのコーナー保育、木の食器、木の実がなる園庭、下をのぞけるプール、泥んこ遊びができる小川、〇歳児クラスの部屋など全てが素敵でした」

「自然との触れ合いを大切にした建物の設計や、随所に工夫を凝らした環境に深く感銘を受けました。職員の皆様が貴園で働くことに誇りを持ち、明るく真剣に日々の実践に取り組まれている様子も大変印象的でした」

「園舎の床や窓、園庭の木と起伏など、子どもたちが楽しく遊べる作り、子どもたちの発達が深く考えられた作りに感動致しました。また、卒園後も子どもたちとの関係がよく続いていると伺って、子どもたちとその親御さんにとっても本当に安心できる場所になっていることを感じました」

「北海道から沖縄まで、地域ナンバーワンの園を見学させていただいて三つの共通点に気付きました。保育は様々ですが、挨拶、環境整備、おもてなしが良いことです。私どもを見えなくなるまで見送って頂いたとき、さすがだね、と声が上がりました。外と内、窓、戸が開いているのにザラザラがない。ご説明いただいた方がすごくて、しかも小グループで話して頂いたこともすごいと声があがりました。勿論、保育やハード面は素晴しいの一語です」……。


「十二月の園だより」で、保護者にも喜びを報告したところ、職員が「園長先生！」と嬉しそうにおたより帳を持ってきた。それにはこう書かれていた。

「《園だより》を読んで感動しました。土曜日に一五六名も県外から来られたのですね。それにもビックリだけど、改めて《あおぞら》の全ての環境に、恵まれていて感謝しかないです。ありがとうございます。一番は子どもたちがこの大切な時期に家庭ではできないことをフォローしてもらっていて……」。

斎藤公子先生の蒔いた保育の種が、ここ沖縄でも根づき、芽吹いているのを感じる。

赤とんぼに思う

中山　勲

赤とんぼを久し振りに見た。今年の八月、両親の墓を掃除するため妻と二人で霊園に行った時である。掃除をしながらふと見上げると墓の上を一匹の赤とんぼがくるくると飛んでいる。十秒ほどでどこかへ行ってしまったが懐かしい思いが残った。

赤とんぼを見ると懐かしくなるのは童謡の『赤とんぼ』の影響である。「夕やけ小やけの赤とんぼ　負われて見たのはいつの日か　山の畑の桑の実を　小籠《こかご》に摘《つ》んだはまぼろしか」の歌詞が幻の心のふるさとを呼び起こすのである。

しかし赤とんぼは秋の風物のはずである。暑い盛りの八月に現れることもあるのかと疑問に思い、調べてみた。すると沖縄の赤とんぼはショウジョウトンボで年中見られ、本土の赤とんぼのアキアカネとは別種であり、沖縄にはアキアカネは生息しないという。思い違いからであっても沖縄の赤とんぼを見て、夢のふるさとをしみじみと思い出すことはありがたいことである。その赤とんぼが最近少なくなっているようで心配である。

十数年前、ギリシャのコルフ島の広場の上を数十羽のツバメが飛翔しているのを見た。私と妻は広場を取り巻く木立の下に設置されている椅子に掛けてコーヒーを飲みながらひと休みしていた。猛スピードで上下し旋回するツバメを見て、子供の頃を思い出していた。子供の頃、ふるさとの宮古島にも春になると無数のツバメが飛来し、街中を飛び回っていた。それを見て子供心に季節が移っていくのを感じとっていたように思う。那覇市に住んで五十年になるが、一度もツバメを見ていない気がする。大切なものを無くしたように思う。

先日、高校時代の友人H君が宮古から来たので国際通りのレストランで昼食を共にした。その時、赤とんぼとツバメのことを訊くと、宮古島でもほとんど見かけないようだ。サシバも昔に比べると著しく減少していると言う。原因は人間の自然環境の破壊だろうということに二人の意見は一致した。詳しいことは分からないが石油や石炭などの化石燃料の使用や広大な森林伐採などによる地球温暖化が原因だと思われる。所得の増加こそが快適で幸福な生活を保障するものとする経済至上主義の過ちである。運命共同体の地球の自然が破壊されれば人類は滅亡あるのみである。八十代のじいさん達の意見としては単純でありきたりで、気恥ずかしくなるが真面目に話し合った結論である。

地球環境破壊は人類の存亡に関わる大問題であるが、私には赤とんぼやツバメ、サシバがいなくなることも同様に残念でならない。那覇市の市街地のマンション住まいでも季節がくれば、セミの鳴き声は聞こえる。しかし以前より少ない気がする。今も郊外では昔のようにカエルは鳴いているだろうか。蝶は群れ飛んでいるだろうか。春には鶯《うぐいす》も鳴いているだろうか。身近にあった自然が今はどのようになっているのか気になって仕方がない。

四季の変化に日本人は敏感だと思う。春、夏、秋、冬の風物にいろいろな思いを寄せ、人生を考える。空のかすかな変化に季節の移ろいを観て、一時の感傷に浸ることもあるだろう。寒い冬の朝、うっすらとした桃色に染まる筋雲を見て春が近づいていることを知って喜び、海岸線を走る車から水平線に立ち上がる小さい入道雲を見つけて夏の暑さに立ち向かう覚悟を決める。また残暑に苦しむある日、部屋の窓から見えるビルの向こうの入道雲が崩れて羊雲になって上空に昇るのを見ていると、窓の隙間から吹いてくる風にかすかな冷たさを感じ、秋がそこまで来ていることを知り、しんみりした気分になる。秋が深くなり羊雲やうろこ雲が消えて黒い雲が低く垂れこめると冬である。冬は屋内で静かに過ごし、一年を振り返り、自分の人生に想いを馳せる。

日本の古典随筆の代表とも言うべき清少納言の『枕草子』の初めの章は「春はあけぼの」「夏は夜」「秋は夕暮れ」「冬はつとめて（早朝）」と述べている。『枕草子』には四季の自然描写だけでなく、宮中の年中行事や日常生活を詳細に記述するとともに、宮廷人たちの言動の裏表の描写が辛辣《しんらつ》を極めている。清少納言が書きたかったのは自然や生活の美と人間の態度や行動の美であり、彼女は自分の美意識に揺るぎない自信を持っており、他者の批判を顧慮することなく断定的に書き記している。

『徒然草』の中にも自然の風物の美についての多くの記述がある。二十段にはある遁世《とんせい》者が「この世の中に心をつなぎとめるものを何一つ持たない自分であるが、ただ一つ空から受けて心に残る感銘ばかりは捨てがたく感じられる」と言ったと述べている。また二十一段には人々が集まって心に興趣をもっとも起こさせる自然物は何かと議論し、「月」だと言う人もあり、「露」という人、「風」、「水」と議論する様子を記述している。そして兼好法師は「よい時機にあたるならば、何であっても、しみじみとした興趣のないものがあろうか」と結論づけている。平安時代や鎌倉時代の昔から日本人は自然の風物や四季の移り変わりに繊細な情感を抱いていたと思われる。

俳句の中心は季語である。季語が主役として生きているか否かが俳句の優劣を決める。手元の『ポケット俳句歳時記』には四千六百余の季語が登載《とうさい》されている。四季それぞれを表す言葉をこのように数多くもつ日本語は驚くべきことであり、日本人の感性の豊かさを示すものだと思う。豊かな感性が美しい言葉を作り、日常の言葉遣いを正しくし、品格の高い人間を作る働きをするのだろう。

それにつけても最近の日本語の乱れには眉を顰《ひそ》めさせるものがある。若者の仲間内で始まったと思われる珍奇な言葉が広がり、いい年をした大人まで無批判に使っていることが心配である。言葉の乱れは文化の衰退、日本人の良識の低下、未成熟人間の増加の現れではないかと懸念している。「文は人なり」と言うが、言葉こそ人だと思う。

先日、裏千家の鵬雲斎千玄室《ほううんさいせんげんしつ》大宗匠《そうしょう》の講演を聴く機会があったが、強調していたのは「日本人は情の民族」であり、これを守ることが最も大事であると話されていた。情は思いやりであり、物事に感じて起こる心の動きであり、古来日本人は情が豊かであるという。それは歌の伝統を考えても分かる。七一二年に書かれた古事記に「八雲立つ　出雲

八重垣　妻ごみに　八重垣作る　その八重垣を」と須佐之男命《すさのおのみこと》が詠んでおり、これが和歌の始まりと言われている。万葉集は舒明《じょめい》天皇の六二九年から淳仁天皇の七五九年までの間に詠まれた天皇から庶民に至るまでの四五〇〇首の歌が網羅されている。

今から一五〇〇年も昔の万葉歌人の歌は驚くほど感性が豊かである。「久方の天の香具山この夕べ霞たなびく春立つらしも（詠み人知らず）」（天の香具山に今日の夕方、はじめて霞がかかっている。ああ、これでいよいよ春になったようだ）。「うらうらに照れる春日にひばり上がり心悲しもひとりし思へば（大伴家持）」（遅々として、いつまでも暮れずに照っている春の光の中を雲雀が鳴きのぼって行く。そんな中を一人でいると何となく心に悲しい思いがしてくるのだ）。

また勅撰《ちょくせん》和歌集は天皇や上皇の命により編集されたものであるが、九〇五年の古今和歌集から一四三九年の新続古今和歌集まで二十一代集も出されている。五百年余にわたり十九人の天皇と上皇が秀逸な和歌の保存を命じたことは何よりも有難いことであり、世界の歴史上にも見られないことではなかろうか。残された和歌を読むことで昔の日本人の心を身近に知り、共感することができることは嬉しい。

平安時代、紫式部が源氏物語を書いた目的は「もののあはれ」を表現することだったと言われている。本居宣長によると「もののあはれ」とは、世の中のあらゆる物事の心を自分の心に味わって、その時に心に起こる感動のことであると言う。「もののあはれ」に続いて日本の文学や能、茶道、絵画、その他の文化・芸能面には「幽玄」「艶」「有心」「わび」「さび」「風流」、その他多くの繊細な感情の動きや独自の美意識を表す言葉が現れた。その多くが日本の豊かな自然や四季の変化が人の心に感動を与え、その時に出てくる感情を表す言葉である。私たち日本人は物事の真実を論理ではなく情によって、すなわち美しいか否かによって判断し、その判断は正しいことが多いのではないだろうか。

心の構成を知情意、すなわち知性、感情、意志の三つに分けることが多い。思考や判断などの知的能力、物事に感動し他者を思いやる心、信念を持って現実を変えていく能力などである。その中で日本人は感情面がとくに優れているというのである。大昔から私たちは四季折々に変化する美しい自然に囲まれ、自然の変化に細心の注意を払いながら生活を整え、自然の神々に感謝して生きてきたことが情や情操を育んだと思われる。そのことが謙虚で他人に対して思いやりのある人格を作ったのだと思う。情操豊かな人と言うのは品格の高い人と言い換えてもよい。

現在の日本人は昔と同様に情の民族と言えるだろうか。私には情操豊かな日本人が少なくなったように思えて仕方がない。それを特に感じるのはテレビに登場する日本の政財界のリーダーと言われる人々の表情や態度、言葉などに高い品性が感じられないことである。リーダーたちの品格が低ければ一般庶民の品格も推して知るべしであろう。そうなった原因の一つとして経済発展を何より優先し、他者との競争に勝つために日本の自然を破壊したことが考えられる。多くの豊かな自然が失われた結果、自然によって育まれてきた日本人の情操も品格も低下したのではないだろうか。

郷土に豊かな自然が戻り、季節が来ると赤とんぼやツバメ、サシバが頭上に舞い飛ぶ日が来ることを夢見ている。

金のバナナ

根舛セツ子

私は三大節句の一つである九月九日の「重陽《ちょうよう》の節句」に生まれた。両親や祖母から「良い日に生まれた初孫」として大事に育てられた。祖母は誕生日になると赤飯や中身汁、酢の物にサトウテンプラ等、手作りの祝膳を用意してくれた。そして、泡盛を注いだコップに菊の葉を一枚浮かべた菊酒に指を入れて、菊酒の付いたその指を私の額にあてるという動作を三回繰り返し「ウートートゥ、ウートートゥ、クヌワラビマムティクミソウリ（この初孫を守ってください）」と唱え無病息災と成長を願ってくれた。六十年以上も前の懐かしい大切な思い出である。

結婚してからは、田舎育ちで素朴な夫は派手なことを好まず、東京での生活が質素だったこともあり、テーブルに誕生日のプレゼントに貰った一輪の薔薇をかざし、その香りに包まれながらビールとお茶で乾杯をして、二人の好きなアップルパイを食べながら誕生日を祝った。初々しい幸せな思い出である。

矢の如く月日は流れ、退職後東京から沖縄に戻った私たち夫婦は、首里の地で主人自らが設計した終の棲家で暮らすことになった。これからは二人、この家でのんびりと余生を……と思っていたのに、夫は四年前に皮膚筋炎に間質性肺炎を合併し七十三歳で亡くなってしまった。

彼が思いを込めて設計した〈光と風〉の家で、私は翌日、前期高齢者最後の誕生日を迎えようとしていた。一日の家事を終え、コップにお酒を注ぎ、湯飲み茶わんにお茶を入れて仏壇に向かった。火をつけた一本の線香を香炉に立て、真直ぐ上る白い煙に向かって手を合わせた。

「お父さん！　明日、私は誕生日を迎えます。これまで、堅実に七十三歳まで生きた貴方の後姿を思い起こしながら今日まで歩んできました。でも、明日からは独りで未知の世界を生きて行かなければなりません」

「悔しいかな七十三歳で亡くなった貴方は、ずっと変わらず七十三歳のまま年をとらずにいられるのですね。でも私は一年一年老いてゆく。嫌だな～そんなの」

「どうだろう、明日一日だけ、閻魔大王様から許しを貰って私の誕生日を祝いに来てくれないかしら？　薔薇の香りに包まれながら貴方の大好きな宮の鶴（八重山宮良の泡盛）とお茶で乾杯をしましょう。そして、私の話をいっぱい聴いて欲しいの。この四年間、不安や恐怖にかられ、哀しみや寂しさに打ちひしがれても、心細さを必死に耐え抜いてきた私を抱きしめて欲しいの。その後に、これから独りで歩まなければならない未知の世界の人生についてアドバイスをして欲しいの」

これまで胸に押し込めていたことを一気に吐き出し、さらに

「お願い！　一日だけ、閻魔大王様の許可を貰って戻って来てください」

と仏壇に手を合わせ懇願した。

九月初旬の蒸し暑い首里の夜は更け、車一台通らない静けさとなっていた。

午前七時のアラームが鳴ったような気がしたが夢うつつだった。

「しまった！　誕生日の朝にこんなことになるなんて、どうしよう？」

と困惑したおろおろ声が聞こえてきた。その声に引き寄せられ近づいてみると、寝床でキラキラと輝く金のバナナ状の排泄物を見下ろしながら戸惑い青白くなっている自分がいた。ハッとして「やばい、うんちを漏らしたかもしれない」と飛び起き、トイレに

駆け込んだ。額や背中から玉のような汗が流れていた。深呼吸を一、二回した後、我に返り夢だったことに気づきほっと胸を撫で下ろした。誕生日に「金のバナナのうんち」の夢を見るとは、いったいどういう意味があるのだろうか？　とても不安になり、洗顔も忘れスマホに飛び付いた。

『金のバナナ状のうんちの夢が意味するものは何？』と検索してみた。

「金運アップや愛情運の豊かさの暗示の可能性がある」とあった。

〈金運アップ〉の文字が強烈に目に飛び込んできた。と同時に「宝くじ」のことが頭を過った。

これまで宝くじを買っても二百円以上は当たったことがなく、金運のない自分を感じていただけに心きらめいた。

「もしかして、これは夫からの誕生日プレゼント？」「いやいやいや、そんなはずはない」

等、いろいろなことが頭上で飛び交い、心が波打っていた。

そうこうしているうちに十一時のスマホのアラームが鳴った。その瞬間に「そうだ、夕飯の買い物にスーパーに行こう」と思いつき、身支度を始めた。そして、「あくまでもついでに一階の宝くじ売り場に寄ってみよう」と言い訳じみたことを呟き宝くじ売り場のあるスーパーに出かけようとしている自分に呆れてしまった。

家を出ると心なしか足早になっていた。いつもだとスーパーまで十五分掛かるところを十分で着いてしまった。はやる気持ちを抑えながら宝くじ売り場に行ってみると『只今、留守にしています。後ほどお越しください』とのお知らせの札がぶら下げられていた。がっかりしたが、内心ホッとした。

「じゃ~先に買い物をするか」と、地下の食料品売り場に向い、魚、肉、野菜売り場に惣菜売り場と店内をくまなく回ること約一時間。

「もういいかな~。宝くじ売り場は開いているだろうか」とワクワクドキドキしながらエレベーターに乗り一階の宝くじ売り場に急ぎ向かった。でも「残念!」。留守を知らせる札は、まだ吊り下げられたまま。落胆したが「やっぱり、私には金運がないんだ」と悟り、サッサとその場を後にした。

家に戻ると午後一時半を回っていた。

私の帰宅を待ちわびていたかのように、お隣のSさんが朝採りの青々とした立派なゴーヤー二本を持って来てくださった。あまりの瑞々しさに直ぐに台所に行き、ゴーヤーのヘタを切り落として縦半分に切り、タネとワタを取って細く切り塩もみをしてレモンオリーブオイルで和えてみた。ゴーヤーの苦みがまろやかになり、シャキシャキしていて美味しかった。Sさんには、いつも温かく関わってもらい感謝している。

二時を過ぎた頃、「今、採りたて野菜を配って回っている途中だけど、君の家の近くまで来たから野菜を持って行くよ」と書道のM先生から電話が入った。先生直々に届けてくださると思うと緊張した。しばらくすると先生が「八百屋です～」の掛け声とともに。袋いっぱいの野菜を持っておみえになった。袋の中を覗いて見ると、ひょうたん型の黄土色の島カボチャに太くて長いヘチマ、色白のアバシゴーヤーに採りたての青々としたオクラにグァバ、どれも個性的な形をした新鮮な物ばかりだった。採りたてのグァバを手にするのは初めてで、丸かじりをしてみた。淡いピンク色の果肉とほのかな甘い香りが新鮮だった。袋の隅でひと塊になっていた生き生きしたオクラに食欲をそそられ茹でてみた。青臭さが和らぎ甘みも増し、オクラ特有のネバネバした食感を楽しむことができた。台所の野菜籠が新鮮な野菜たちでいっぱいになっていた。

先生には、「学者如登山」のことば通り、日々努力することの大切さを教わり、折れそうになる心を温かく支えて頂いている。書道を続けられているのも先生のご指導のお陰と、深く感謝している。

夕暮れ時に、私を書道に誘ってくれた友人のKさんがお見えになった。

「お誕生日おめでとう。セツ子さん！」と、今日初めて耳にする祝いの言葉に歓喜した。手にぶら提げた大きな袋から包みを取り出して「これ祝い寿司ね」と握り寿司を手渡された。さらにカステラやヘアクリーム、これからの年齢に必要とされる腸活のための新ビオフェルミンまで。

Kさんには、私が持ち合わせていない行動力や芯の強さ、人への思いやりや優しさ等、多くのことを学ばせて頂いている。彼女のお陰で書道も今日まで続けることができている。感謝に堪えない。

午後六時半から予定されている解決志向アプローチのワークに参加する準備をしていると携帯のメロディーが鳴った。

「バァーバァー、お誕生日おめでとう！」

「これから、プレゼントを持ってバァーバァーんちに行くから」

「ケーキも持って行くからね。楽しみにしていてよ」

うるま市に住んでいる団子三兄弟の孫たちからの電話だった（私は、お団子が好きな彼らのことを団子三兄弟と呼んでいた）。息子に時間的に遅いし、明日学校もあることだし、次の日曜日に来るように伝えたが、孫たちが朝から楽しみにしていて聞く耳を持たず、「これからそっちに顔を出すよ」と返事があった。

本音を言えば、予定していたワークに参加できないのは残念だった。ただ、団子三兄弟の訪問は嬉しい。

「超特急で来たよ、バァーバァー」「会いたかったよ、バァーバァー」「ケーキ一緒に食べようね、バァーバァー」と孫たちの元気な声が、玄関先で矢継ぎ早に聞こえてきて響く。久しぶりに会う息子夫婦や孫たちを笑顔で迎え喜びを分かち合った。

プレゼントは、素敵なマグカップに金木犀のハンドソープとハンドクリーム。さらに添えてある各自のメッセージカードを、ソファーに腰かけている私の前に立って読み上げてくれる。

「僕が選んだマグカップ、バァーバァーが気に入ってくれると嬉しいです」

五年生の長男のメッセージ。「とても素敵なマグカップ最高！」と彼を引き寄せて強く抱きしめた。そして、傍にいたお嫁さんへの感謝の気持ちでいっぱいになった。

「ずっと健康で長生きしてください」

三年生の次男のしおらしいメッセージ。「あなた達の成長を見たいので、長生きするね」と頬を摺り寄せ抱きしめた。

「バァーバァーんちに泊り行くからね。ぼくたちが行くのを楽しみにしていてよ」

一年生のシャイな三男のメッセージを最後に貰い、「ありがとう」の言葉が声にならず、涙でクシャクシャになった顔でギュッと抱きしめた。

私は、団子三兄弟を抱きしめながら元気に生きている身体の厚みや生命のぬくもりを感じた。そして、私がこれからを生きていくための幸せのエネルギーを彼らから貰ったような気がした。

吹き抜けになっている天井や柱や梁や壁さえ、彼らのはしゃぐ声や元気に飛び回る足音や姿から若いエネルギーを貰い、一緒になって木の香りを放ちながら今日の日を楽しんでいるように見えた。

孫たちが帰った後の余韻の残った居間で、ソファーに腰を下ろして一日を振り返ってみた。

「金のバナナ」の夢に始まり、親しい人たちの訪れと心づくしの品々。残念ながら参加することはできなかったが誕生日の日の記念のワーク。そして、息子夫婦や孫たちの訪れと、びっくりするほど不思議な一日だった。

「重陽の節句」の私の誕生日。その日に次々と訪れてくれた彼らは、夫の亡き後、悲しみと寂しさに打ちひしがれていた私を支え、救ってくれた人たちだった。

でも、何故？ 敢えて誕生日の日に、私を支え救ってくれた人たちが、時間差はあったものの次々と会いに来てくれたのだろうか。不思議でならなかった。

「金のバナナ」の夢占いをもう一度見直してみる。「金運アップや愛情運の豊かさの暗示の可能性がある」と記されていた。

はたと気づいた。誕生日に「金のバナナ」の夢を通して、夫が、これから独りで歩まなければいけない未知の人生において大切なものは何かについて、メッセージを送ってくれたのではないかと……。

コップに、なみなみと八重山の泡盛「宮の鶴」を注ぎ供え、「感謝」を込めて手を合わせた。

『気がついてくれてよかったよ。これからはみんなに支えられて生きていけばいい。僕の分まで生きてくれ』

と、耳元で夫が囁いたような気がした。

九月九日の夜は更けた。

車一台通らない静かな闇の向こうから、明日という日が手を広げて待っているように思えた。

「シニア×ジュニア」ハウス

開　梨香

「先生の長寿の秘訣は何ですか？」

「ゴーヤーを食べないこと！」

「えっ、それってゴーヤーが嫌いってことですか？」

「そう、ナーベーラーも食べない。刺身も嫌い。肉は食べる」

ニコニコとお答えくださったのは御年九十六歳、元名桜大学学長の瀬名波榮喜《せなはえいき》先生。耳も目も正常。頭脳明晰で抜群の記憶力。自慢の歯は「八十歳で二十本」という理想を超えて二十六本。専門の英文学にとどまらず、平成五年には国際会議「太平洋学術中間会議」を大成功に収め、首里城焼失一年後のNHK World特番では、首里城からの中継で三十分の英語スピーチを世界へ発信。沖縄戦で飛行場建設に動員された経験から、「第32軍司令部壕の保存・公開を求める会」の会長として日々奔走しておられる。あの笑顔の奥に先生をつき動かしている世界がある。そして今でもマイカーで移動なさる怪物である。

九十歳で天国に旅立った兼高かおるさんはよく食べよく飲むお茶目な方だった。確か八十歳を迎えた頃だった。東京ビッグサイトで開催された「旅博(現・ツーリズムEXPO)」の前夜祭に同行したことがある。名物料理とお酒で招待客をもてなす各国ブースを兼高さんは優雅に軽やかに巡っていった。アメリカブースではカルフォルニアワインを飲みつつ、ホットドッグを二個ペロリ。マカオブースではアフリカンチキンとエッグタルトを頬張りポルトガルワインで乾杯。オーストラリアブースは、ミートパイとオーストラリアワインという具合。世界中を回りながら、食べる食べる…飲む飲む……。大量の料理とお酒は細くなった身体のどこに入っていくのだろう……。「兼高さん、そんなに召し上がって大丈夫ですか?」「何を言うの? 食べなきゃエネルギーが湧かないでしょ」いたずらっ子のように宣う。

後日、那覇空港にお迎えにあがった時のこと。今度は地上スタッフさんに車椅子を押されて登場。驚く私にニヤリとウインクして囁いた。「歳を取るとね、車椅子を頼むとみなさんがとても親切にしてくれるのよ。良いわよぉ」

さて、我が夫八十八歳。こちらも健啖家。朝から五品ほどの食事を平らげる。夜ともなればオリオンビールが加わる。どちらが主食かわからない。乾杯の挨拶を頼まれた際には酒量を制御しようがない。役者は三日やったらやめられないというが、まさにそれ！

一連の流れを紹介しよう。

本人：ウンチクと作法をひとしきり語る。会場から見て四十五度斜めに立つ。「ぐすーよー、カリーさびら」と吠える。カリーとは乾杯の言葉である。⬇会場：一同声高々に「カリー！」⬇本人：ゴクゴクと一気に飲み干す。空になったジョッキを高く掲げ、人差し指で唇をサッと拭う。⬇会場：やんややんやの大喝采。⬇本人：会場を巡回。拍手と声援で迎えられ、テーブル毎に「カリー！」。

同じシーンが何度繰り返されても、何度でも盛り上がるという不思議な世界なのだ。稲嶺元知事に「そろそろ止めさせたら」とアドバイスをいただいた。「私が言っても聞きません。みなさまが拍手で盛り上げないことをお願いします」と申し上げた。最近は大ジョッキからグラスに変わってきたことがささやかな前進。諦めるしかない。

さて、シニアが活躍するお話をもう一つ。

私が小さな島々の活性化に携わって四半世紀が過ぎた。ここ十五年は小学五年生を学校単位で離島へ派遣する沖縄県の「離島体験事業」を企画運営している。子どもたちは島の方の自宅や民宿に三日間滞在し、農業や漁業、自然や文化を体験し、島の方たちと交流するという事業である。運営メンバーと受入離島のみなさまが連携し、甘やかさず・やってあげず、だけど、好奇心を煽る仕掛けに子どもたちは食いついてくる。保護者や先生が傍にいない緊張が面白さに変わった途端、子どもの目が輝きイキイキと動き出す。自分を認め・誉め、悪いことは悪いと本気で叱ってくれる島のオジイ・オバアに子どもたちはあっという間になつく。自宅や学校では経験できなかった様々なチャレンジで、子どもたちに〝できること〟が増える。

しかも！　真剣に子どもを見守っている先生にも変化が起こる。意欲的な先生ほど喜びも大きい。そこにも秘密がある。担任が抱えるクラスの悩みを離島体験で改善できるよう運営メンバーと受入離島のみなさまが力を合わせて取り組む体制である。多忙化が叫ばれる学校現場。多様な個性の子が増え、食物等のアレルギーも複雑だ。今時は叱り方も難しい。危ないと感じられる遊具や活動は小中学校からなくなってきた。そんな中、

「生きる力をつける」「自ら考えて行動する」きっかけづくりに離島はもってこいの舞台だ。離島体験事業では、一人ひとりの子どもの変化をみんなが見守る仕組みなので、相乗効果が生まれ感動が広がる。子どもも大人も一緒に涙を流す。たかが二泊三日、されど二泊三日なのだ。

では、離島振興という視点からはどうか。東西千キロ南北四〇〇キロに点在する有人離島三十八島中、ピーク時には二十三離島二十六地域に教育旅行の受入体制が生まれた。この事業がスタートするまでは、石垣島・宮古島・久米島・与那国島・伊江島とダイビング客で賑わう座間味島以外には観光協会等の受入組織はなかった。小さな島々の宿泊施設は民宿が大半、ほぼ公共事業のためにやってくる宿泊客で埋まっていたため、小学五年生を学校単位で連れて行くことは難しかった。そこでホームステイ型の民泊によって宿泊キャパシティを増やしていったのである。家族で受け入れる民泊は身の丈で経営できる。一家庭で平均五人を受け入れるとして、六家庭あれば一クラス三十人の受け入れができるという塩梅。そのための簡易宿所営業許可の取得には提出書類と消防・保健所検査の段取りをするコーディネーターが重要で、学校単位の団体を受け入れるためには組織が必要だ。こうして島々に体制ができていった。

民泊受入家庭が増えることで本土からの修学旅行の受入も可能となる。当初一人当たりの民泊料金を六千円にしたので、五人受け入れると一泊で三万円。修学旅行受入数と家庭収入・組織収入は比例する。他所の子を預かることに尻込みする島の方々をコーディネーターが説得して回り、次第に受け入れ家庭が増えた。離島体験事業で民泊をスタートさせた島々は自走化を始め、ピーク時（コロナ直前の平成三十一年度）には三万六〇〇〇人の修学旅行生を受け入れ、事業を通じて民泊をスタートさせた民家さんの収入が合計で二億二〇〇〇万円までに成長した。


なぜここまで民泊ニーズが増えたのか。

その秘密は子どもとシニアの交流にある。島のオジイは総じてカマジサー（無愛想）でぶっきらぼう。強がっているが、自分の子や孫が中学卒業とともに島を出て帰って来ないことを寂しがっている。そんな我が家へ小学生がやってくる。あどけなさが残った五年生は他所の子でもかわいい。いろんな体験をさせたいと農家もウミンチュも子どもたちの来島日に合わせてセッセと準備する。当日は一家総出で臨む。朝食・夕食は食卓を囲み一緒に食べる。それまでは飲んだくれで家の手伝いなどしなかったお父さんが家にいて、しかも家事まで手伝ってくれるのだから夫婦喧嘩の理由がなくなる。受け入れ時は子どもたちを囲んで家中に笑いが溢れる。お父さんお母さんが力を合わせると喜びと収入が増えるという方程式なのだ。

子どもたちと保護者、先生と学校、島々の住民と観光協会など、関わる人や組織、地域のより多くの人に喜びと報酬（お金に限らない）がもたらされることが私たちチームの目指すところ。「沖縄離島体験・デジタル交流促進事業」は倍率二倍以上の応募が続き、島のコーディネーターの集いは喜びの共有とさらに良くするための意見交換で盛り上がる。やっとコロナのダメージから抜け出せそうだ。元気が戻ってきたことを実感する。

最近、「離島×教育」のテーマで話すことが増えてきた。ＩＴだＡＩだと変化していく時代だからこそ、離島や沖縄に残っている「チムグクル」「ユイマール」が求められているのかもしれない。そうだ！　人が人の心が全てを動かしているのだ。ならば、最後まで元気でイキイキと暮らすことを目指したハウスをつくり、シニアには子どもたちの可能性を引き出す役割を担ってもらおう。「シニア×ジュニア」。サービス付き高齢者住宅と学童保育。そこは大学生、起業家、芸術家、音楽家、地域の方々が集う場でもある。夫と共に一念発起。八十八歳の夫と六十五歳の私が人生を賭けた最後の仕事が始まった。

明治百年と昭和百年

南　ふう

若い頃、毎月発刊する小冊子の仕事を担当していた私は、ネタ探しのためにちょっと先の未来を視野に入れる習性がある。西暦二〇二五年が昭和百年にあたると気づいたのは数年前のことだった。

私は高校一年の時病気で休学したので、復学後の同期生（那覇高校二十七期）のほとんどが昭和三十（一九五五）年生まれ。彼らが古希を迎える二〇二五年はちょうど昭和百年にあたるのだ。それでふと「昭和百年われら古希」という言葉が浮かんだ。百年の三分の二以上を生きてきた同期に呼び掛けて、記念誌的な何かを作りたいと。

二〇二三年秋、同期のKさんが黄綬褒章を受章する嬉しい出来事があった。大袈裟な祝賀を好まない彼なので、祝賀会は十数人の飲み会。その場所で、私は隣に座ったMさんに「昭和百年われら古希」の話を持ち掛けた。「私たちの高校は、入学時は琉球政府立で卒業時は沖縄県立。アメリカ世からヤマト世への転換期で、私たちはアメリカ世と復帰後を生きて、親の思い出話も入れれば昭和の百年間を語れる。しかも二〇二五年にはちょうど古希、こんな稀有な年齢の同期生はいないよ」と。彼は銘苅《めかる》新都心自治会の十周年・二十周年の記念誌をまとめていて、記録の大切さを重々知っている。すぐに賛同してくれた。

次の機会は、NAHAマラソンに参加した同期二人の「完走を祝う会」だった。同じことを呼びかけると、集まった十六人全員が賛成してくれた。ただ、書くとなるとみんな腰が重くなることは経験済み。でもその席で力強い賛同者を得た。「ぼくにできることがあれば協力するよ」と言ってくれたTさんはIT《アイティー》のスペシャリストで、同期のネット掲示板を作り、県外在住の同期生もそこでコミュニケーションがとれるようにしてくれている。

年が明けた一月、早速Mさんから「そろそろ準備委員会を立ち上げた方がいい」という連絡が来て、とりあえず三人だけで集まった。Mさんはすでに大まかな工程表を作ってきており、Tさんはオンデマンド印刷の費用を見積もっていた。私は冊子を構成するコンテンツ。初回、事前に何の打ち合わせもしていないのに、各々が得意分野の材料を携えて集まったのである。

まず三人の意見が一致したのは、出版する『昭和百年われら古希』は特定のイデオロギーに偏らない庶民史、生活史を考えるということ。医師、実業家、建築士、教員、画家、地方公務員、国家公務員等々、経歴が多彩な同期、きっと面白い話が集まるだろう。書くのは苦手という人のために、座談会や居酒屋談義も入れよう。そんな話を含めて月一回準備委員会を開き、お互いメールでも情報交換しながら、趣意書や目次、ページ組みなどを提案し合った。二十七期生全員への周知は不可能だから、主催は昭和百年有志会とし、趣意書は四月二十九日（昭和の日）にネット上の掲示板で公開、告知した。

少しずつだが、寄稿文が集まり始めた。

私は仕事で他者の自分史編集を行う際、できるだけ著者の記憶を裏取りするようにしている。また内容に興味を持つと、深掘りしたくなる質《たち》である。とにかく、何かを調べるのが好きなのだ。

Sさんの祖父が戦後復興した那覇大綱挽《おおづなひき》に関わっていることを知り、がぜん興味を持った。私が高校生の時、十月十日に一号線（現国道58号）で那覇大綱挽が開催され、大勢の観客がいたことは記憶にある。が、それ以来見物に行ったこともなく、ほぼ興味がなかった。でも同期生の祖父が……となると興味が出るから不思議なもの。沖縄県内にあるすべての図書館を横断検索できる「みーぐるぐるサーチ」で出てきた『那覇大綱挽20周年記念誌』を見るため、図書館に足を運んだ。

地方の綱引きは毎年開催の豊作祈願だが、戦前までの那覇大綱挽は何か特別なことがある時の開催だった。「綱引きと寄付」という項目に、すごく面白い内容があったので、少しだけ抜粋する。

■奉行は五十貫、役人は三十貫

那覇の綱引きについては、前に述べた一八〇〇年の綱引きから三十九年後の一八三九年の大綱引きを見ると、いちだんと面白くなります。

尚育王の御冠船の翌年、天保十年に行われたもので（中略）この大綱引きには、薩摩の奉行役人たちは、のこらず大きな寄付をさせられました。奉行は五十貫、役人たちは三十貫というようにきめられ、（中略）那覇の綱引きに薩州の役員や商人が応援したのと合わせて、那覇の近代的発展が予想されます。（後略）

いつも思うのだが、「薩摩から酷い目に遭っていた」という視点だけでは、見えてこないものがある。琉球人は強《したた》かだった。ちゃっかり薩摩の奉行所などに大金を寄付させていたのだから。

那覇大綱挽の戦後の復活は、私が高一だった一九七一年。東京オリンピックの開会式十月十日、体育の日を選んだのは想像できたが、「各界の協力」の項目にある逸話も、これまた面白い。

まだ復帰前なので道路使用の許可は米国民政府である。シモンズ局長は「一時間に一万三〇〇〇台の車をどうして止めることができるか」と取り付く島もなかったが、実行委員長の友寄英彦氏は粘った。「十月十日は十・十空襲で沖縄から見れば米国に対する最大の恨み深い日である。この際、目に見える大きな協力をして、この日を米琉親善のきずなの日としてほしい」。これに感動したシモンズ局長は許可し、合同会議の席上で米側は「世界に誇れる行事として残してほしい」と激励までしてくれたのである。

実行委員長の手腕に舌を巻く。薩摩、米国、いずれの圧政下でも、ウチナーンチュはへこたれない。

さて、Mさんは「高校生の時、与儀の琉米文化会館に月の石が展示されていて、ぼくはそれを見たんだけど、誰に聞いても覚えていないそうだ。これから調べなければ」と言った。

調べものは得意な私。琉球政府文書の目録検索を行うと、月の石のことが『守礼の光』に、残されていた。「一九七一年の第一週、数万の沖縄の人たちが（中略）また一月五、六日には那覇市与儀の琉米文化会館で一万九千人以上の人たちに展示された。石はその後タイ国の首都バンコクで展示するため、沖縄からタイ国に空輸された」。

Mさんに知らせると、自分の記憶が正しかったと分かって文章が書けると喜んだ。

私は、自分の記憶も調べてみたいと思い立った。そもそも「昭和百年」という発想は、はるか昔、平和通りに「明治百年」という横断幕が掛かっていたという私の記憶から生じたことだった。そこに「祝」という文字があったかどうか定かでないが、「へえ、沖縄でも明治百年ってお祝いするんだ」と思ったのである。だがMさん同様、誰に聞いても覚えていないと言う。ネット上で探しても、その横断幕の写真は出てこない。今のように庶民がすぐに撮影できる時代ではないから、仕方がないけれど。

そもそもそれは、いつだったのか。明治元年は一八六八年だから、明治百年は一九六七年のはずだと思い、沖縄県立図書館で地元紙の縮刷版を閲覧することにした。

図書館に行く前にネット検索をすると、日本政府主催の明治百年祭は、一九六七年ではなく六八年の開催だった。慶応から明治に改元された明治元年九月八日（新暦では一八六八年十月二十三日）から百周年となるのを記念した、とある。百年というのは通常百年目と考えるのだが、百周年（百年を経過）を百年祭と銘打っているから、私は一年ずれて認識してしまっていたのだ。一九六八年なら私は中学二年生だった。

式典の年月日が分かったところで、新聞はそのあたりの日付を見た。が、写真どころか祝賀ムードの記事は見られず、「明治百年に反対　歴史学者が意見書出す」などの見出しがある。「沖縄でも、明治百年ってお祝いするんだな」という記憶は当てにならない。

明治百年祭に反対した人々の気持ちを知りたくなり、検索を重ねて歴史學研究會編集『歴史學研究』に辿り着いた。彼らは明治百年祭を、ネオ・ナショナリズム、ネオ・ファシズム、イデオロギー運動として捉えていた。時はたしかに一九七〇年安保前夜である。

奇遇なことに、そうやって明治百年を調べているとき放送されたＮＨＫ「映像の世紀」が、「安保闘争　燃え盛った政治の季節」だった。私が学生生活を送ったのは闘争の嵐が去った後で、学生運動を肌で感じたことはなかったが、ちょうど明治百年祭反対の特集を読んだばかりの私にはタイムリーこの上なく、食い入るように見た。

番組は一九六〇年安保と一九七〇年安保の違いも克明に映し出していた。六〇年安保闘争は幼い頃に戦争を体験した全学連の学生たちで、権力に丸腰で抵抗していた。だが七〇年安保闘争で武装化した学生たちは、戦後生まれ。

またこの番組で、新宿騒乱事件を初めて知った。ベトナム戦争反対の声が高まっており、国際反戦デーということもあって騒乱は最高潮に達し、新宿駅構内でも火炎瓶が飛び交った。字幕にある騒動の日付に愕然とした。一九六八年十月二十一日。日本政府主催の明治百年祭のわずか二日前である。歴史学者たちが明治百年祭に反対していた時代は、政治闘争真っ只中だったのだ。

人々の生活は歴史の流れと切っても切れないものであり、同時に人々の営みが歴史を作っていることを、あらためて痛感する。

ところで、昭和という年は最初と最後の年が一週間ずつしかない。大正十五年十二月二十五日に始まり、昭和六十四年一月八日から平成となる。そういうことも、年表を作りながら知り面白かった。

コンテンツのひとつには「写真で辿る百年」として、文章とともに写真を多く入れることを企画している。視覚的に百年を辿るのは有意義だと常々思っていたからで、寄稿を依頼するAさんに話すと、「見える化だね」と言った。言い得て妙である。

たとえば那覇市役所ひとつとってもこうだ。戦前は西町にあった那覇市役所、戦後は壺屋町にある民家で再起した。そこから、後にグランドオリオンが建つ場所にコンセット（簡易型兵舎）を建てた。コンセットは瓦屋根の庁舎となり、現在地の泉崎に地上五階建ての庁舎が建ったのが一九六五年。その約半世紀後、市民に親しまれた庁舎も老朽化によって閉じ、二〇一二年に地上十二階建ての現在の庁舎となる、といった具合である。

古い写真は、那覇市歴史博物館のデジタルミュージアムから借用できる。現在の姿は、私が撮影した。那覇市役所に限らず、安里交差点の高架を走るモノレール、若狭バースに停泊する豪華客船、旭橋の再開発で建て替わった那覇バスターミナル……そういう写真を撮って回った。

それらを時系列に並べて見ていくと、百年の変遷が一目瞭然。まさに「見える化」である。普段の生活ではほんの少しずつしか感じない変化は、二十年、五十年、百年を経ると別世界となる。けれどもそれは突然出現したものではない。たとえば私は同期生より一つ年上で一九五四年生まれだが、その百年前の一八五四年は日米和親条約が締結された年。なんとびっくり、まだ丁髷《ちょんまげ》帯刀の幕末なのだ。それから明治維新、富国強兵、日清・日露戦争、第二次世界大戦の敗戦、朝鮮戦争による特需、日本の独立、沖縄においては米国支配下で琉球政府の設立……と百年積み重なった地層の上に私は生まれた。

私自身の七十年というと、これもいろいろあった。建築学科志望で国費留学生の試験を受けて環境設計学科に配置され、卒業後は県内大手の会社に入社。男女差別が今よりずっと激しい時代、技術職でも女性は事務員の制服を着た。県庁に打ち合わせに行っても、あからさまに「なんだ、女か」。

でも仕事量は変わらない。いや、お茶汲みなども入れれば仕事量は男性より多いのだ。夜中までの残業で、結婚後この仕事は無理だなと悟った私は、関西でさっさとグラフィックデザイナーに転向した。現状を変えるために闘うより、流れに身を任せて生きるタイプなのである。

コピーライティングも経験し、書くことの面白さに目覚めた。離別して帰郷した五年後に正式離婚。生計を立てるため就職していた建築事務所でホームページの作成と事務を担当、業務実績をデータベースとして整備することを発案し、その利便性も痛感した。書類の受け渡し等で多くの離島に足を運び、地域性や人々の営み、琉球・沖縄の歴史に興味を持ち、定年退職後は、沖縄県公文書館に保存されている琉球政府文書のデジタルアーカイブス事業に六年間従事した。それらすべてが現在の仕事、他者の自分史編集作業に生きている。

記念誌準備委員会で、いわゆる普通の家族構成であるMさんが年表を見ながら「ここらへんからは子や孫の時代になるよね」と言った。単身者の私は「あ、そんな発想、なかった」と、目から鱗だった。私には子の誕生、入学、卒業、結婚、孫の誕生という節目がまったくない。親が他界してからは父の日、母の日、敬老の日もない。でも寂しさはまったくない。やりたいことも幾つか残っている。問題は頭と体がついていけるかだ。若い頃に比べて、同じことをするのに数倍の時間が掛かる。凡ミスやヌケも多くて自己嫌悪にも陥る。ただミスに気付く能力は何とか健在だから、まだぎりぎりセーフかな。

夏になってもう一人、都合により参加の遅れていたUさんが加わった。彼は実務に長けた人で、これまで何度も同期会を企画・開催してくれ、親分肌の人物。私は密かに彼を「親分」と呼んでいる。彼はすぐに工程表のチェックに入り、資金集めの方法も指南。

そして「誰かが何か言ってきたら、俺がそうしろと言ったと答えればいい」と、時には矢面に立つ覚悟でもあった。さらに「二〇二五年の秋に同期会を開催してその時に配布しよう。寄稿者以外の人からは料金をもらう。でもきっと二次会に流れて無くしてしまう人もいるから、受付に封筒を用意しておいて本人に住所氏名を記入してもらい、発送する」と作業の把握も的確で具体的。さすが親分。そして四人の最強メンバー。

古希までよく生きてきたな、と思う。私にとっての終活のひとつは、生きているうちにできるだけ人々の記憶を記録として残したいということ。『昭和百年われら古希』を古希同期会で配布するのも、その目標のひとつだ。

高校時代には交流のなかった人から「思い出を書く機会を作ってくれて、ありがとう」と言われて感動し、当時の仲間と連絡を取り合うことも増え、企画してほんとによかったと思っている。ただ、期限が近づいてから書き始める人もいるから、提出期限は延長に次ぐ延長、当クラブの原稿締め切りと重なってしまった。そのため両方の取りまとめで、私は目下混乱の只中にいる。

牧野富太郎夫妻にあやかる旅

山本和儀

ゴールデンウィークの旅先に四国を選んだ。知人に計画を話すと、「八十八カ所巡りをするのですか？　仁淀《によど》ブルーはぜひ行ったらよいですよ」と言った。八十八カ所巡りをする壮大な計画など毛頭なかったが、連休を目いっぱい楽しみ、何かまとまったことをしてみたかった。以前、香川と徳島を旅したので、妻と話し合い、今回は四国の西半分、愛媛と高知の旅を選んだ。子供の頃から敬愛していた牧野富太郎が連続テレビ小説『らんまん』に取り上げられて爆発的な人気を博したこの機会に、富太郎の故郷やゆかりの地を訪ねたい、牧野夫妻の愛情物語にあやかる旅にしたいと考えた。

四国巡りをしていく上で、雄大なしまなみ海道を外すわけにいかないので、最初の宿は広島駅に隣接するホテルとした。福岡から新幹線で広島に入り、平和記念公園、平和記念資料館での見学を終えて、翌朝、尾道からレンタカーに乗り換えて、瀬戸内に入った。あいにくの雨模様で景色には恵まれなかったが、海上高々と架けられた、しまなみ海道の橋をいくつも渡り、最初の休憩所として選んだのは愛媛県の大三島《おおみしま》である。サイクリストの聖地の碑の前で、自転車旅行を楽しんでいるカップルに続いて記念写真を撮り、近くの道の駅で鯛めし、じゃこ天の昼食を摂った。小高い丘に登ると、散り落ちた桜が春の終わりを告げていた。

松山に子規を訪ねて

まず、目指すは二泊目の宿泊地、愛媛の松山。聖徳太子も来浴した伝承のある日本最古の道後温泉。坊っちゃん湯で有名だが、シニアの旅にふさわしく、坊っちゃん湯に近い国家公務員向けの宿に泊まった。投宿前に閉館間際の松山市立子規記念博物館を見学することができたのは幸いだった。

第五高等学校の英語教師として熊本に赴任する前の夏目漱石と正岡子規は松山で親しく交流し、文学活動にいそしんでいた。子規という雅号が、鳴いて血を吐くといわれるホトトギスの異称であるごとく、結核を病み喀血《かっけつ》しながらも、三十五年の短い生涯の中で子規が果たした功績の大きさを今回の旅で知った。子規は俳句改革運動の前に、古今東西の膨大な俳句を集め、様々な角度から分類して、『獺祭書屋俳話《だっさいしょおくはいわ》』を著わして俳句革新の狼煙《のろし》を上げていたのであった。

この頃エッセイストクラブの会員として作品づくりに取り組んでいる私は、子規や漱石らの写生文の勉強会、山会《やまかい》の会員らの活動にも感銘を受けた。古めかしい文語体から、見たままを平明に書いていく現代風の文章作法は、多くの小説家や学者の研究の賜物ではあるが、子規や漱石らの努力のお陰でもあると知ったのであった。

佐田岬から八幡浜へ

次の目標は、四国最南端の足摺岬《あしずりみさき》だが、その前に、豊後水道を九州の国東《くにさき》半島に向かって、長く嘴《くちばし》のように突き出た、四国最西端の佐田岬《さだみさき》も訪ねたく、妻が運転する車は霧《きり》が立ち込めるなか、スピードを落とすことなく、岬の突端を目指した。ようやく、岬の突端近くまでたどり着いたところで駐車場に車を止め、林の中を急ぎ足で歩き、灯台に向かった。林の中の小道を散策しているかのように楽しんで歩いているカップルもいたが、私の悪い癖は、いつも先を急いでしまうことだ。

しかし、今日の妻の足取りはいつもより遅く、目的地の一つである灯台に五分程遅れて着いた。灯台に上り、一緒に記念写真を撮ったが、妻から途中の坂道で足を滑らせて、尻餅をつき右膝を痛めたと知らされた。骨折はしていなかったが、膝の靱帯断裂が懸念された。妻は気丈に歩き続けていたので少し様子を見ることにし、そのさらに先、徒歩十分程のところにある四国最西端の地を訪ねた。

岬からの帰り、今は亡き友人が院長として勤務していた八幡浜《やわたはま》市医師会立双岩《ふたいわ》精神病院を訪ねた。急な申し出ではあったが、応対された事務長は、院長の写真数枚と院長が作成した病院のパンフレットを用意して下さっていて、早世した友人を思い出す品を手にすることができて嬉しかった。母校の精神科医局に入局した仲間の中でも特に親しかった友の品に、心が熱くなった。彼の提唱する「つながる病院」の理念は、偶然なのか必然なのか遠く離れた沖縄で、私が仲間を募って精神科診療所の協会を結成した際の理念「つながるクリニック」と同じだったのである。四国と沖縄、私たちは同じような理念で地域医療に取り組んでいたことが確認できて、古き友を訪ねた甲斐があったと思った。

宇和島から足摺岬へ

三泊目は宇和島城《うわじまじょう》の見えるホテルに泊まった。一気に足摺岬を目指さず、中間地点にある宇和島に宿をとり、余裕をもって観光しながら次の宿泊先、足摺岬に向かうことにしてあった。しかし、妻の膝の具合が悪い。ホテルから氷をもらって冷やしても痛みが引かない。連休に突入して、ほとんどの医療機関が閉じた頃に、さらに悪くなる不安もあった。そこで大事をとって宇和島市立病院で受診することにし、早々とホテルをチェックアウトして病院へ駆けつけた。幸い骨折や靱帯断裂はなかったので、装具を着けた上で旅行を続けることにした。

診療は午前中では終わらなかったため、宇和島の観光をスキップすることにした。宇和海沿いの風光明媚な道も避け、山道を伝って、近道を通り足摺岬を目指した。私たちの旅行の一カ月程前、経由地に当たる阿南市《あなんし》などで地震が起きていたので、地震の再来や崖崩れ、道路封鎖による引き返しなども懸念されたが、無事に高知県土佐清水市《とさしみずし》に入った。

岬にある灯台に向かうまでに時間があったので、土佐の英雄の一人、米国から帰国する際に琉球を上陸の地として選んだジョン万次郎の記念館を見学した。ここも閉館間際で急ぎ足の見学となった。地元ではジョン万次郎の生涯をＮＨＫの大河ドラマにしてもらう運動をしていたので、喜んで署名した。数多くの伝記が出版され、米国の学校でも彼の人生ドラマは多くの少年・少女に感動を与えている。書物からは想像できないアメリカでの生活、琉球の地での彼の行動や琉球王国、糸満、豊見城の人々の対応、明治維新に果たした彼の功績など、追体験しながら、知りたいことがいっぱいあった。

記念館から三十分ほどのところに足摺岬があった。ジョン万次郎こと、中浜万次郎の立像近くの駐車場に車を止め、藪椿《やぶつばき》と車輪梅《しゃりんばい》の林を抜け、黒潮が足元を洗う足摺岬を見学した。最近リニューアルされたばかりの展望テラスには、若かりし頃の明仁皇太子殿下の歌碑も建てられていた。

足摺の岬はるけく黒潮の　海広がれりさやに光りて

この黒潮の流れてくる遥か先、故郷の与論島や生涯の半分を過ごしている沖縄島、そしてしばらく住んでいた宮古島に、私はしばし思いを馳せた。

天狗高原と四国カルスト

四泊目の岬のホテルを後に、向かう次の目的地は西日本の最高峰、愛媛県の石槌山《いしづちさん》近く、標高一四〇〇mにある天狗《てんぐ》高原。そこにある宿まで一気に登り上がる、この旅行で最長のドライブが待っていた。とはいえ途中、黒潮町に立ち寄った。今回の旅の目的の一つは、南海トラフ地震の津波災害に備えた地域の防災体制の見学もあったからである。

学校の裏山など、小高い丘に登る階段の小道が整備されているのをいくつか目にした。四万十川《しまんとがわ》の清流沿いの「道の駅とおわ」で昼食を楽しんだ後、山間の曲がりくねった道を駆け上がり、天狗高原の宿に辿《たど》り着いた。あいにくの曇り空で、降ってくるような満天の星を見ることはできなかったが、ホテル備えつけのプラネタリウムで星空を堪能し、朝早くには四万十川上流から下流までの眺望と足元の雲海に臨むことができた。そして、お目当ての四国山地の山稜にある「天空の道」とも呼ばれるドライブルート、高知県側の天狗高原から愛媛県久万高原町《くまこうげんちょう》の五段高原《ごだんこうげん》、姫鶴平《めづるだいら》までの四国カルストの中を走り抜ける絶景ドライブを楽しんだ。

なぜ山稜にカルスト？　と多くの読者も考えてしまうと思うのだが、海底火山の上にできた造礁《ぞうしょう》サンゴが隆起して山頂を形成し、長い年月の間に雨水で浸食されてできたのがカルストである。この一帯はゴンドワナ大陸の端っこが、南アフリカから移動してきて形成されたという。生きている地球のダイナミックな活動を実感した。

横倉山と牧野富太郎のふるさと佐川町

次に目指したのは今回の旅の一番の目的地、牧野富太郎ゆかりの土地であった。横倉《よこぐら》山《やま》自然の森博物館に立ち寄った後、富太郎もたびたびフィールドワークに訪れていた横倉山に登り、安徳天皇陵墓を探し、杉林などを歩きまわった後、彼の生まれ故郷佐川町《さかわちょう》を訪ねた。

まず、富太郎が幼くして学んだ名教館《めいこうかん》。そして生家である造り酒屋の岸屋《きしや》を訪ねた。『らんまん』のお陰で富太郎人気に火がついて、改築された生家は牧野富太郎ふるさと館として、多くの見学者を集めていた。以前、富太郎が若くして東京大学理学部植物学教室で学んだ文京区の小石川《こいしかわ》植物園、妻壽衛《すえ》が購入した武蔵野の面影が残る旧邸宅跡を訪ねたことがあった。大事な標本や蔵書とともに晩年を過ごした、東京都練馬区立牧野記念庭園にある庭や記念館、書屋展示室等である。多くのファンとともに富太郎の足跡に触れ、生き様を味わってきたつもりだったが、やはり生家を訪ねるのは、格別の喜びがあった。

富太郎ゆかりの出版物を展示しているコーナーで、感動的な出会いを果たすこともできた。偕成社発行の『ものがたり牧野富太郎』という児童伝記全集の一冊である。その本は富太郎が、昭和三十二年に九十六（満九十四）歳の生涯を閉じた後、山本藤枝が昭和三十四年に著わしていたものであった。私の生まれ年から計算するに、小学三年生の頃に私が手にしたのはその本であったと確信した。こよなく植物を愛し、自らを「草木《そうもく》の精」と称して生涯をかけて植物分類学の研究に打ち込み、一千五百種類以上の植物を命名した日本植物分類学の父の物語は、逝去の後さほど間を置かず、遠い南の島、当時の日本最南端のへき地の与論島にある小学校まで届いていたのであった。そして、私の生涯に影響するほどの力を与えてくれた。

おかげで私は生物学を愛する少年になり、高校時代には、界門綱目科属種《かいもんこうもくかぞくしゅ》の動植物の分類体系を一通り理解していた。例えば、牧野富太郎が新種として初めて命名し、植物分類学者として知られるようになった原点とも言うべきヤマトグサ（和名、大和草）の学名の場合、植物界、被子植物門、双子葉植物綱、ナデシコ目、ナデシコ科、ヤマトグサ属の種ヤマトグサと分類される。私はその後、医学の道を目指すことにしたため生物学者になる夢は潰《つい》えたものの、生涯をかけて何かを成し遂げた人への尊敬の念は今も続いている。

牧野富太郎ふるさと館を後にして、牧野博士が愛し、命名した梅花黄連《ばいかおうれん》など、牧野公園のたくさんの植物を楽しみ、公園内にあるお墓にお参りをした。その後、日本地質学の創始者ナウマン博士を記念して整備された佐川ナウマンカルスト公園や青山文庫などを見学して、次の宿泊地、高知市内のホテルに向かった。

桂浜と五台山、牧野植物園

高知市内に入り、夕刻、路面電車の走る道に面したホテルに辿り着いた。歩いて観光しながら名所のはりま屋橋近くのアーケード街で、たっぷりニンニクや酢の効いた厚切りの鰹《かつお》の叩きや、どろめ（鰯《いわし》の稚魚）等土佐の郷土料理を楽しんだ。ホテルで手にした郷土の食文化について記した本によれば、黒潮に洗われる暖かい南国土佐の郷土料理の特徴は海から取れる新鮮な生ものを味わうためにふんだんに酢が使われ、酢の消費額日本一とのこと。また古事記では愛媛県が愛比売《えひめ》と喩《たと》えられた伊予国で、高知県は、建依《たてより》別《わけ》と喩えられた土佐の国であり、男性的な風土として古から知られている。山に囲まれ都から隔絶されているが、黒潮の流れる太平洋に開かれた豪快で進取の気性に富む風土に親しみを感じた。食事の後、はりま屋橋を渡る記念の写真を撮り、ライトアップされた高知城を目指したが、明日に備えて早めにホテルに戻った。

桂浜周辺や高知県立牧野植物園は車で行くには渋滞で時間がかかりすぎるからバスが良いとのアドバイスに従い、定期バスを利用した。牧野富太郎の功績をたたえて生前から計画され、没後間もなく高知市内、五台山《ごだいさん》に開園した八haもの広大な植物園は、一日がかかりでも見学しきれないほど広く三千種もの植物があった。また富太郎の生涯を懸《か》けた植物分類学研究や人生の歩みが分かる展示がなされており、生涯に収集した約四十万枚と言われる標本や四万五千冊の蔵書の一端に触れながら見学した。

今回の旅は富太郎青年が一目惚れした菓子屋の娘、壽衛との愛情物語をテレビドラマで知り、それにあやかりたいと計画したのであった。富太郎は、仙台旅行で発見した新種の笹に、五十五歳で早世した妻の貢献に感謝して「スエコザサ」と名付けた。冬に氷点下十度から二十度になっても芽を残して生き残る力強さと、葉のしなやかさ、やわらかさ、美しさが壽衛の姿と重なったとも考えられている。残念ながら南国の高知では心なしか勢いはなかったが、スエコザサと共に展示されている歌には、亡き夫人への限りない感謝と愛情を感じることができた。

家守りし妻の恵みやわが学び　世の中のあらん限りやスエコ笹

安芸から室戸岬

牧野植物園で半日を過ごし、観光名所の桂浜に立ち寄った後、安芸《あき》の道を南岸沿いに室戸岬に向かい、この旅の最後の宿泊地である海辺のリゾートホテルに泊まった。多くの客に交じって藁《わら》焼きの鰹の叩きの実演を見て、沢山の料理を味わった。部屋では、ホテルが特別に準備してくれた結婚記念のケーキを妻と二人で楽しんだ。

さて翌日チェックアウトを済ませ、いよいよ旅の最後の室戸岬である。道沿いにはところどころ津波避難タワーが設置され、南海トラフ地震への備えが整っていることを目の当たりにした。室戸ジオパークセンターで、室戸ユネスコ世界ジオパークについて学び、地球のダイナミックな動きへの理解を深めた後、周辺の海岸を見学した。室戸岬沖の海底でフィリピンプレートがユーラシア大陸に沈み込み、時々起こる地殻変動で地震が起きて陸地が隆起して海岸段丘ができている。岬周辺の遊歩道で出会ったガイドの方は、無邪気に「ここが大陸の赤ちゃんです」と言って新しい大地が誕生する最前線を示してくれたのだった。

ジオパークセンターでは単に地殻変動の科学的な説明だけでなく、人々が大自然の中で大災害にあいながらも風土の中で文化を育み、宗教などの力も借りながらたくましく生き抜いてきたことが理解できるようにしてあった。弘法大師空海の悟りの起源の地ともいわれる、御厨人窟《みくろどくつ》や神明窟《しんめいくつ》を見学する時間はなかったが、小高い丘にそびえる室戸岬灯台から程近い所に、四国八十八カ所第二十四番札所《ふだしょ》室戸山《むろとざん》明星院《みょうじょういん》最御崎寺《ほつみさきじ》があり、しばし、手を合わせた。お遍路さんとも何度かすれ違った。外国人の姿も見かけた。

空港近くでレンタカーを返し、空港内のレストランで最後の郷土料理を楽しみ、お土産を買って機上の人となった。

旅から帰り、仕事に追われながら旅路を振り返り、このエッセイをまとめている。日々の生活を離れ、あれこれ珍しい土地の景観や動植物を見、郷土料理や芸能、文化を味わいながら、同行者との絆を深めることができ、その風土が生んだ偉大な人々の志に触れて、自身の人生を振り返る機会となる旅の力は大きいものだと思う。妻はもっぱら全行程の運転を担当し、写真撮影、食事と酒を楽しみ、展示物も熱心に見てくれていた。しかし慌ただしいスケジュールの中で、どれくらいの思いを共有できたであろうか。

改めて旅の思い出を妻に尋ねてみた。「七泊八日、九二〇㎞の旅で、ゆっくりと思い出に浸る暇もない弾丸旅行だった。ハプニングもあったけど、それもいずれ楽しい思い出になるでしょう。和さんの好きな牧野富太郎のことを、忙しくて事前に学ぶ時間もなかったから、いつかまた、ゆっくり旅行したいね」と言った。

はて？　壽衛さんと富太郎にあやかる旅の目的は達成できたであろうか。

父と方言札

與那覇　勉

私は最近涙もろくなっている。年のせいなのだろうか。ネットで友川カズキの歌を聴いていたら、気になる関連曲があったので聴いてみた。その圧倒的な歌唱力と衝撃的な歌詞に思わず涙があふれてきた。うぴ子という名のシンガーソングライターで美貌にも恵まれている。中島みゆきの影響を強く受けていることはすぐにわかる。

中島みゆきの歌で泣いた記憶はないが、うぴ子は初めて聴いて打ちのめされてしまった。「きっと死にたかった訳じゃなかったんじゃないか？　きっと生きることが出来なかったんだろ」と、自殺した少年・少女を歌っている。この言葉は自殺を考えたことのある人にしか書けないのではと思う。私も高二の頃、苦悩の中にあったのでこの歌詞は鋭く胸に刺さってきた。

重苦しい話になってしまったが、N先生が「いのちの電話」に関わっておられる事を知り、こんな話も無駄にはなるまいと敢えて書く事にした。

六十八年前、私は宮古島の福嶺《ふくみね》小学校に入学した。それほど日数も経っていないある日、首から「方言札」をかけて平然と家に帰った。みじんも悪いとの自覚はなかった。それを見た教育熱心な父は激怒した。私はさんざん殴られた挙句、チョーチンガー袋（麻製の米袋＝大きな袋で子供は楽に入る）に閉じ込められ、口は縄で固く縛られて、家の西側の通学路と畑の間の溝に放り込まれた。「こんなどうしようもない子供は、次のバスが来たら乗せていって糸満に売り飛ばしてやる」と方言でわめいて去って行った。

方言を使った子を罰している者が大声で方言を使っている。決してあってはならない事だと今ならわかるが、その時は恐怖で何も考えられなかった。踏み込んで考えると、方言を使った事が悪いのではなく「方言札」を持ち帰ったのが悪いのだとなる。ひねた見方をすれば、泥棒が悪いのではなく、捕まるのが悪いという事だともいえる。

我が家は学校に最も近く、放り込まれた畑の溝の上は通学路である。学校帰りの上級生達が通りかかった。チョーチンガー袋の中から泣き声がするので、みんな驚いたことだろう。だが、誰一人助けてくれる者はなかった。父は集落の区長を長年務めたり、のちに少年野球の監督をしたりした。極めて厳格で気が短く、周囲の子供達に恐れられていたからである。糸満に売ると言ったのは、脅す為だけだったようだが、私はほんとに売られると思った。何故かというと、わが村皆福《みなふく》には、Kさんという先輩が実際に売られたのを知っていたからだ。恐怖で泣き続けた。その恐怖の時間は、私から人にとって最も大切な「言葉」を奪いさるのに十分な力を発揮した。

Kさんの名誉のためにふれるが、彼は悪さをして糸満に売られた訳ではなかった。幼い頃の戦争で爆弾の爆風を受け耳がきこえなくなった。そのため学校に行っても勉強は出来ないし、家も大変貧しかったからそうせざるをえなかったようである。糸満での辛苦は、私の想像が及ぶべくもないが、年季を終えて皆福に戻った時は、はたち前になっていた。彼の泳ぎは完成の域に達していて、海の生き物のようだった。私が沖縄エッセイストクラブ総会後の卓話で七又《ななまた》海岸で泳いだ事にふれたが、それはKさんのおかげであった。

七又海岸を見たことのある人なら、ここで泳げるとは決して思わないし、間違って落ちてしまったら助かるまいと思わせる断崖絶壁だ。だが、Kさんがまるで自分の庭のように悠然と泳いでいるのを私達は目撃した。そこはかろうじて下に降りられる地元の人しか知らないポイントだ。私達も喜び勇んで飛び込んでワイワイ騒ぎながら岸の辺りを泳いだ。中学二年位の頃だったが、もしこれを親が知ったら卒倒しかねない危険な場所だ。その後も何度も泳いだり潜ったりしたが、親には知られないよう慎重を期した。

それから十年後、那覇に来て二社目の栄町の看板屋に入社したらそこにKさんが働いていた。社長は私と同郷の親戚の兄さんで、就職が難しいKさんを宮古から呼び寄せて住み込みで働かせていた。糸満で鍛えられた身体は逞しく、看板の取付などには力を発揮した。彼はしゃべれないので最初は戸惑ったが、次第に身振り手振りで通じるようになった。三年位だったが一緒によく働きよく飲んだ。忘れがたい貴重な日々である。

さて、袋から解放されたのち私は方言がしゃべれなくなった。その時の父は人から言葉を奪うことの残酷さを知りえず、ただ長男である私の将来のために良かれと思い心を鬼にしてやったのだろう。或いは、これ位の事で方言が使えなくなるとは思い至らなかったのだろうか。

小学二年生の頃「勉はなんで方言を使わないか」と友達に問われた。使ってみたら、しゃべり方がおかしいと笑われたのでそれ以来方言を諦めた。それでも、小中学校では無邪気さ故に特に問題はなく過ごしていた。

中学二年は勉強より体操（主に鉄棒）に夢中だった。ちょうど映画見学で観た、東京オリンピックで日本のチームの大活躍に刺激を受け、幼馴染みの二人（豊・健功）と鉄棒クラブを立ち上げた。学校の部活ではなく、三名が自前で始めた。何故か私が部長になった。帳面に三名の名前を記入し成功した技を書き加えていった。二人の身体能力は抜群で次々に技が増えていったが、私は体も小さくなかなか増えなかった。二人はついに大車輪もこなすようになった。

私は焦った。通常の振りではどうしても回転できないので、鉄棒に上がりそこで倒立して思い切り前に振れば出来るのではとやってみたら握力が足りずそのまま墜落してしまった。下は砂場だったので大事には至らなかったが、気を失って二人に担がれて教室に運ばれた。が、それ位で怯むことはなかった。翌日からはいつものように、休み時間の鐘が鳴ると同時に全力で教室を飛び出し、鳴り止む前にすでに鉄棒の前に着いていた。そんな私達を見て、他の生徒達も関心を持つようになり十名余の部員を抱えるようになった。

今でも印象に残っているのはバク転（後転）の練習だ。段階を踏んですることにした。最初は中学校のキビ畑の中にある堆肥場だった。そこは方形の二メートルの高さのブロック塀の中に、キビ収穫後の枯葉が積まれていた。その塀の上から後ろにジャンプしながら回転する方法だった。どんな落ち方でも怪我の心配はなかった。そこで十分に練習の後、新城海岸《あらぐすく》の砂浜に行った。砂は柔らかくても頭から落ちれば危うい。みんなでサポートしながら、一人の失敗もなくみんな無事に通過した。次は運動場の芝生で、その次はコンクリート打ちの教室の廊下で、仕上げは学校前の道路だった。砂利道で廊下ほど固くないが、バスや車が通るので精神統一がしにくい。それでも一人も怪我なく全員目標を達成した。

鉄棒は運動場の端にあった。コンクリート柱に鉄パイプを埋め込んだだけの簡易な作りで、パイプは撓《しな》りのないものだった。鉄棒の前方中央寄りにバレーボールコートがあった。バレーボールの監督の先生は、私たちの熱心な練習をよく見てくれていたようで「勉、運動会で体操の演技をしてみないか」と声をかけてくれた。まったく予想もしてなかったので、しばらくポカンとしていた。先生は平良中学校から組み立て式鉄棒を借り受けて、運動会の華とまで言われた「鉄棒クラブ有志の演技」を実現させてくださった。

今見たら何の他愛もない演技だったろう。当時はまだテレビがなく体操の演技が珍しくて思いのほか喜ばれたようだ。私は部長とは名ばかりで演技も冴えなかったが、真剣に取り組んだ日々や仲間達は最高の誇りであり忘れられない。

三年生になると受験があるので鉄棒から次第に離れざるを得なかった。同期は約一四〇名いたが、模擬テストで私はよく一番になった。受験は宮古高校に受かった。中学卒業までは順調だったといえる。

ところが、卒業休みのある日人生最大の危機がせまっていた。いつものように幼なじみの二人と遊んでいた時、会話に違和感があるのを強く感じた。その年頃では無邪気さがなくなり、大人びたしゃべり方になってくる。私の下手な標準語と二人の流暢な方言では、会話がまるでかみ合わなかった。三人とも不器用で要領が悪かった。私は方言がしゃべれないし、逆に二人は標準語をしゃべらなかった。それが会話不成立に輪をかけた。その時の衝撃は気の弱い私の心の許容範囲を超えていた。それから彼らとは遊ばなくなった。いや、遊べなくなった。

幼い頃から何をするのも三人一緒だった。その二人と離れてしまった私の心はすさんでいった。二人がどんな思いでいたかは知る由もなかった。自分達と遊ばなくなった私を「勉は頭がいいから勉強で忙しくて、自分達とは遊ばないんだ」とずっと思っていたらしい。四十八歳の生年祝いの折「実は言葉の障害があって話ができなくなった。話もできないから遊ぶことができなかった」と明かすと、今は民謡の先生になっている健功は「自分は大きな誤解をしていたようだ。すまなかった」と男泣きした。

さて、高校に入って二年になる頃は、最も苦しい時期だった。一日中一言もしゃべらない日もあった。通学のバスの中では、人としゃべらなくてもいいように本ばかり読んでいた。嫌味な野郎だと思われた事だろう。田舎では日常会話は方言が占めているので、家に客が訪ねて来るとすぐ奥に隠れた。下手な標準語と方言では会話が成り立たない。勉強はせず好きな絵ばかり描いていた。中学からの勢いで一年までは成績はなんとかなっていたが、二年になると急降下した。気分も同様に救いようもないほど落ち込んだ。死ぬことも考えるようになった。

前述のうぴ子の「きっと死にたかった訳じゃなかったんじゃないか？　きっと生きることが出来なかったんだろ」の歌詞をしっかりと見ると、うぴ子の詞の深さがわかる。〝死にたい〟と〝生きることが出来ない〟とは決して同義語ではない。というより〝死にたい〟と積極的に望む人がいるだろうか。生きることが出来ないから死ぬのは、死にたいからではなく、死ぬしかなかったからだ。この歌「翼の折れた弱き戦士たちよ」を初めて聴いて、彼女の声の力もあるだろうが、その事が強烈に伝わって涙がこみあげてきた。

「苦しい時の神頼み」と人を揶揄するような諺があるが、私は何と言われようが構わない。自分の力の限界を感じたら何かにすがっていい。早朝のラジオで「心のともしび」を聴くようになった。河内桃子のやさしい朗読は苦しく乾いた心にしみ込んでいった。心のともしびの本部（京都市）に自分の悩みを書いた手紙を出したら、その後本部のシスターから厚手の封書が郵便で届いた。小冊子三冊と直筆の手紙だった。この無償の贈り物は、瀕死の私の心を救ってくれた。とくにシスターの手紙は、私の悩みに真剣に応えた長い手紙だった。苦しい心は、少しずつ暗闇から灯の方へ向かっていった。

小冊子は、作家の遠藤周作・曾野綾子・三浦朱門等の講話が載っていた。何度も読み返した。その影響で遠藤周作が好きになり、その作品を読むようになった。『沈黙』は夢中になって読んだ。自分の中では最も心に響く一冊である。「心のともしび」のおかげで危機を脱することができた。私は救われたという実感があり、今も不真面目ながら教会に通っているのも、その時の救われた事が契機になっている。

だが、下降した成績を取り戻すのは至難の業で、とくに数学は一度躓くと、まるでわからなくなる。ほかの科目はよかったものの、英・数の主要科目がだめなので、大学受験は失敗した。父の落胆は大きかったことだろう。

高齢者の域に達した今、父の立場を少しは察することができる。誰も人生を、それ以前に経験した人はいない。父も初心者だ。息子には是が非でも大学に行ってもらいたかったが良かれと思ってやった事が裏目に出てしまい、叶わなかった。浪人してでも受験するように諭したのに、まったく勉強をする気もないようで、逃げるように宮古を出て行った。必ず大学には行くからと言うので那覇に行かせたが、看板屋に入り「自分はこの仕事に生きがいを感じている」などと手紙に書いて寄こす。看板屋は大学を出なくても誰でもできるので、大学を出して人に誇れる偉い職種に就かせたかったのに。自分の育て方が間違っていたのだろうか。いやそうは思わない、できる限りの事はしたつもりだ。そう父は考えていたと思う。

私は長い間父を恨んでいた。だが、年を重ねてきて父の大きさがわかるようになってきた。ひたすら厳しく、私に恨まれようが意に介さなかった。最後まで私が看板屋になったことを快く思っていなかった。

私は、気は弱いが父に似て頑固だ。好きな事を仕事にしている自分は幸せ者だと思っている。父の見識は確かで、私はいわゆる成功者ではない。看板屋は吹けばとぶような超零細だし、描いた絵は売れているわけではない。が、少しは評価してもらっている。

打ち込めるものがあればそれでいいのではないだろうか。

〈父への感謝の言葉〉

あなたの厳しい躾けのおかげで、苦しんだ末あなたの望まない道へ進んでしまいました。けれどこの頃わかってきたのは、何か不都合があるとあなたのせいにしてきた自分の弱さです。方言の問題にしても、もう少し勇気をもって話せるように挑戦すべきでした。そうすれば、あなたの望む方向へ進めたことでしょう。とはいえ、あの引きこもりがあったから絵に集中できたし、今があるのはあなたが袋に入れてくれたおかげです。「絶望の中にあっても、そこには必ず秘かに宝物がかくされている」聖書の中の言葉で、私が実感したことです。悪い事をあなたのせいにするのではなく、良いことをあなたのせいにできるようにしたいと思います。今は心からありがとうと言えます。そして、ともに方言札にも感謝できるようになりたいと思います。

一枚の集合写真

ローゼル川田

実家にある古い写真帳の中に一枚だけ大きいサイズの集合写真がある。

コロナ禍の静かな恐怖で街中が静かになり初めた頃、退屈になり何気なく古い写真帳を開いて、そのモノクロの集合写真を見ていた。人数を数えてみると二〇〇人前後の人たちが真剣な表情で写真機（カメラ）を見つめている。後方の顔までハッキリ見える。

集合写真の撮影場所は、首里教会堂。

去る沖縄戦で多くの犠牲者を出し焦土と化した首里の町。首里城の地下に構築された「第32軍司令部壕」はシュガーローフでの日米軍の凄まじい戦いを経て標的となり攻撃に晒された。その廃墟の丘に首里で唯一残った傷だらけの教会堂は、戦後すぐにほぼ元の姿に修復・復元された。その首里教会堂の前庭だった。

「1952年7月6日『賀川豊彦先生を心として　沖縄キリスト教会連合礼拝記念』」と筆文字で記されている。戦後七年目の夏である。写真には十人前後の戦後生まれの子どもたちを含めて、多くの沖縄の地上戦を生き抜いた大人たちの面々、七十代まで男女ほぼ同数である。七十二年前の撮影日を調べてみると日曜日だった。礼拝の後、賀川豊彦師の講演を聴くために県内各地から集まった牧師や宣教師、信徒や一般の聴衆だと思われる。女性は当時の流行りの洋服で、男性はほとんど白のワイシャツ姿、前の方には数人のネクタイ姿がみえる。飾り気のない身ぎれいな服装に参加した人々の意識が表れ、その当時を物語っている。

集合写真の最前列の真ん中に、記念講演者の賀川豊彦師がカンカン帽を手にサスペンダーにワイシャツ、眩しそうな表情をした胡坐《あぐら》姿で写っている。

言うまでもなくその当時から賀川豊彦師は国内のみならず世界に知られた社会活動家・牧師である。大正期に出版された師の著書、小説『死線を越えて』は四〇〇万部のベストセラーとなり、インドのガンジーと並び「東洋の聖者」として欧米で最も知られ、一九五四～一九五六年の「ノーベル平和賞」の最終候補にも名を残された。

師は一八八八年に神戸に生まれ、神戸の貧しい人々と一緒に住み、キリスト教伝道、奉仕活動に勤しんだ。さらに渡米しプリンストン神学校で学び、学位を受け、プリンストン大学でも学ばれた。日本に戻り、さらに神学校に入学、再び神戸においてキリスト教伝道と救貧活動に専念する。日本農民組合設立、大阪の労働者街に四貫島セツルメント（社会福祉事業の一つ）を創設。キリスト教の伝道と社会活動に多大な貢献をされた。

同時代に、沖縄の復興期に建築家として功績を残した仲座久雄氏がいる。仲座氏は、大阪の学生時代に賀川豊彦師の身近にいてかばん持ちをしながら師事、学びを深め戦前に帰郷、尊敬する賀川師の意志と連動するかのように、戦前の県内各地で建築技手として勤めた。

地上戦にされた沖縄では鉄の暴風が吹き荒れ、二十数万人余の犠牲者を出し、首里・那覇一帯も灰燼に帰した。廃墟と化した市街地の全家屋の九割前後が焼失し、首里城や守礼門、他の建造物も瓦礫となった。特に首里・那覇や南部一帯は集中的な爆撃を受け壊滅状態であった。

その戦後の復興期に、県民の住宅難に力を注ぎ貢献したのが仲座氏だった。軍政府は簡易応急的住居の建設を急がねばならず、氏に設計の任務を依頼、その要望に応え設計図を完成させた。間取りは三・七八m×四・五七m（約一〇畳余）の一室に一・八九m×二・四七m（約三畳足らず）の台所がアマハジ（軒）のように付いた約六・六坪の小規模の応急住宅。それを約四年間で七三、五〇〇戸完成させた。後にツーバイフォーの

「規格家《キカクヤー》」と呼ばれた応急住宅は、十数年前まであちこちに残存していた。

ボクが最初に住んだ家は、銀行マンだった叔父が、技術職として基地内に通勤していた父に借金（復興資金）をさせ建てさせた赤瓦屋根の木造だった。九坪の小さな家だった。間取は規格家と似ていたので、叔母が仲座久雄氏と同じ琉球政府に勤めていたこともあり、間取りだけを拝借したに相違ない。

集合写真の中には壮年期の仲座久雄氏に似た姿が見える。


同時代には民俗学者、言語学者の「沖縄学の父」と言われる伊波普猷（一八七六年～一九四七年）も聖書の研鑽を深め「組合教会」を設立し、多くの人材を育てた。ウチナーグチの讃美歌も作り、今でも読むことができ、味わい深い。一九二一年に沖縄県立図書館長に赴任した伊波普猷はその後一九二四年に上京した。

集合写真の中に伊波氏の姿は見えず、伊波普猷の後に県立図書館長に赴任した照屋寛範師の姿がある。カンカン帽を両手にしゃがんだ姿で、最前列の賀川豊彦師の左側にいる。寛範師は戦前戦後も伝道に勤しみ、善隣幼稚園（一九〇八年創立）の園長も務めた。

琉球王国の消滅時に生まれたボクの祖父親泊仲規（一八七七〜一九五一年）は首里で儒学を学んでいたが、伊波普猷と同時期に聖書の世界を深めて行き、直接交わりもあったという記事を最近読んだ。関東学院大学が発行する日本バプテスト教報の「近代の沖縄」の中に記されていた。

祖父は、本土から宣教のために来琉して滞在した牧師の琉球語訳を担っている内に聖書の学びを深めていき、時を経て伝道師になり、その後糸満講義所や嘉手納教会の専任として赴任、その最中に沖縄戦になった。牧師館で生活をしていた祖父母、父母は上陸後（ボクはまだ生まれてない）、攻撃しながら進攻して来る米軍にいち早く見つかり、米軍が設置した収容所へ避難指示され全員生き残った。その直前に、まだ子供のいない新婚時代の父は、祖父の住む牧師館でタウチー（闘鶏）を養い訓練の最中であった。祖父や母に一声を掛けたが、牧師館から逃げない様子に諦め、一人で闘鶏を抱いて逃げ去ったという。後に収容所で家族や親族と再会し敗戦を迎える。近代のキリスト教伝道の改革時代を経て戦後復興期を生き抜き、一九五一年冬に祖父は亡くなった。

その翌年の一九五二年四月「サンフランシスコ条約」が発効され、日本は主権を回復、独立国として国際社会に復帰した。沖縄は日本と切り離され、引き続きアメリカの施政権下に置かれた。同年の夏、七月六日が、手元にある一枚の写真の撮影日である。賀川豊彦師の記念講演は「屈辱の日」の年の夏、沖縄の地で開催された。その目的は沖縄の指導者を含む県民を励ます内容だったに違いない。

集合写真の中には、首里教会の主任牧師でもあった、沖縄キリスト教短期大学（通称キリ短）の初代学長の仲里朝章師が最前列の賀川豊彦師の近く胡坐をかいているのが見える。

戦後の復興期の沖縄、賀川豊彦師の講演を拝聴する目的で集まった人々、その一枚の集合写真である。

日本と切り離され、アメリカの施政権下に置かれたばかりの沖縄。沖縄に設置した米国民政府（USCAR）の下部組織として琉球政府が誕生したばかりであった。米軍統治下の新しい船出、自我や自己への不安と希望を胸に秘め、聖書を読み、アイデンティティの創出を深め、生きていくすべを見出すエネルギーが個々の目線と重なり合う。

集合写真にいるべき父母やボクはいない。祖父の姿もなく、写真には祖父の妻である祖母が着物姿で右端に写っている。祖母の傍に五歳になったボクの兄が立っている。

三歳児だったボクの姿は見えない。父母の姿も見えないので不思議に思った。群れることや団体行動が好きではなかった父の気質が見える。母まで巻き添えにしたのだと思っていたが、丁度母は弟を身ごもり妊婦だったのである。しかしボクの姿はあってもよさそうである。慎ましく質素にこの世を生きた母の人生の生きがいは何だったのだろうか？「ただただ優しいだけの人」は何となくさびしい。その母が亡くなった時には唖然として嗚咽しすすり泣いた。そう云えば、母は何処で父と出会ったのだろう？気付いたときには既に、父母は一緒に家の中に居た。

二人とも先祖代々、首里王府に勤めていたという間柄ではあることは知らされていたが興味はなかった。廃藩置県後、野に放たれた解散組の高貴（？）な貧乏人同志の子供たちであったことは事実。一八七九年に「沖縄県」が設置されると、中央から派遣された鍋島直彬が初代県令（県知事）に任命される。行政制度や身分制度は廃止されたが、明治政府の当面の方針は琉球の古い制度を残した「旧慣温存策」だった。中央政府は有禄な士族層だけを対象にした。祖父は設置の二年前に生まれたこともあり、温存策のわずかばかりの資金支給で生き延びたかも知れない。

そうそう思い出した。母は首里城正殿二階にあった首里区立女子工芸学校の出だった。

幼い頃、着物を生業にしている方々から依頼され、部屋の中で着物を縫っている姿を憶えている。祖父は激変・激動の時代に幼年時代を過ごしたこともあり、不安定な価値観で拠所のないまま成長していったのだろうか。家譜の中に、首里で数年間、織物業を生業にしていたことが記されていた。遊び場でもあった首里城界隈でボクの母の女学生時代を見たのだろう。数年間、織物業をしていたことと結びつく。その後、闘鶏趣味の父と出会うことになるが、何となく想像すると、かすかに母の不幸せをポツンと思う時もある。

ボクは今、約六十年ぶりに街の小さなチャペルの日曜礼拝に参加している。幼い頃から何となく敬遠していた教会。学生時代もデカダンス的な小説やら哲学を乱読していると、聖書の世界は遠のいていたが、諸々の哲学は聖書の言葉と共鳴することもあり、深めたいと考えるようになった。

その小さなチャペルに時々参列する八十代の物理学者（元琉球大学物理学名誉教授）と交流しているうちに不思議に思い「物理学に聖書は合わないのでは……？」と質問すると「物理は人間の思考の範囲であり限界がある。人間が創造したわけではない、人間の住む地球、太陽系、無限のような宇宙空間を考えると、人間の思考は及ばない。宇宙の創造主を考えるのは自然だ」と、概略はこのような答えであった。愛の物理学者の氏は定年後、県内の神学校の講師をしている。

あの有名な精神分析学の創始者として知られるジークムント・フロイト（心理学者・精神科医）が目に留めたカール・グスタフ・ユング（精神科医・心理学者）は、プロテスタントの牧師の家系に生まれた。思想の後ろ盾にしている。

ところで、ボクの音楽仲間（二人しかいないが）の八十代半ばの男性は、米軍の基地内の将校クラブでも長年にわたり演奏をしてきたバンドマスターのジャズピアニストである。しかも、手《テ》ィーチカヤー（空手七段の達人）でもある。

最初の出会い、一二〇キロ前後の図体でボクの前に座って待ち構え、無言の圧力を発していた。でも一つ困ったことは、彼は超スケベー（死語か？）だと分かり一安心。あちこちのカフェでお茶でもしようものなら、初めての場所でも即、店の女性に「貴女のようなきれいな人は初めて、どの辺に住んでいるの？　付いて行きたい」などの言葉を発するのだ。

その彼がいつも聖書を鞄に入れて持ち歩いているので、またまた驚いた。赤鉛筆の傍線が引かれ、聖書が赤く染まっていた。幼い頃から教会で奏楽をさせられたという氏の父親は牧師だったのである。青年の頃からキャバレーの用心棒兼ピアニストをしていた事もあり、ヤクザな世界とも絡み合い、父とは疎遠になり、母親には心配ばかりかけたと言い、天国で逢いたいと呟いた。

ある日、ボクがその一枚の集合写真を彼に見せたところ、写真の中に七十二年前の父親を見つけて感慨深げだった。ジーッとそのまま写真を見つめていたが、突然「ああ母ちゃんだ！」と小さく叫んで、両手で写真の端をつかまえたまま、写真の中の母ちゃんの顔に自分の顔を埋めて小さく泣き出した。ボクは八十代半ばの大きな図体が両肩を垂直に揺らして泣いたことに驚いた。向かい側の席で、写真に顔をくっ付けたまま小さな声で泣き続けている。

一枚の集合写真にいるはずの彼の姿もボクの姿も見えない。だがその七十二年後の今、一枚の集合写真を媒介に、お互いに向き合ってその切情は共振している。一枚の集合写真に「あの時あの空間」で共に写っていた人たちの今頃を思う。

生かされた命

石川キヨ子

滑落

かなり険しい山だ。二〇二四年二月二十一日、時間は十四時過ぎ。山に入るには少し遅い気はした。

「一人で山に登ってはいけない」と家を出るとき息子に諭された言葉も頭の隅に残っていた。それでも、北へ北へと辺土《へど》まで来てしまった。

もう、目指す山へ登るしかない。海はあくまでも穏やかで蒼い。空はというと、宇宙へと果てしなく突き抜けるその無限さが、私の心を誘っていた。

名護の21世紀の森公園で一旦休憩をした時までは自分に言い聞かせていたものの、ここまで来てしまった。

辺土岬で一旦トイレ休憩を入れた。目指す山が近くに迫っていた。「行こう」「登ろう」「拝んでこよう……」もう、迷いは一粒も残らず消えていた。

車に乗り込み、発車。ものの五、六分ほどで森の入り口の駐車場に着いた。

水やタオルをリュックに詰め背負う。帽子、軍手、登山靴、準備万端。靴の紐を締め直して出発だ。

なだらかな坂道をゆっくりと登っていくと登山口では、看板にその霊山に登る心構えが丁寧に書いてある。

木々の間にギザギザの大きな岩が険しく立ちはだかる。山道の両脇には綱が木と木の間に張られ目印にもなり安全性を高めている。つまり命綱だ。

とにかく張られた綱以外目印はない。見渡せば、樹海のような霊山だ。獣道などない。あるのは目の前にそそり立つ何億年も鎮座していたであろうギザギザの岩だけだ。いや、イタジイの木は新芽が顔を出していた。

「お邪魔させてください」「ちゃーびらたい」「安全祈願にまいりました」「静かに通ります」と唱えながら登る。

本来ならば朝登山の方が清々しいし、ベストである。しかし、その日はすでに21世紀の森公園で、持参したおにぎりを頂き休憩した。そのため時間はかなり押している。

頂上までおおよそ五十分もあれば登れるが険しい。十五時前には頂上に着きたい。そうすれば明るいうちに下山できると計算していた。それが甘かった。

冬の山は落ち葉が重なり合い滑る危険性もあった。綱を握る手を緩めずしっかりと摑みながら頂上へと向かった。

安須森《あすむい》は初めての山ではない。旧暦の十二月中にはお礼の御願《ウガン》にと毎年参拝している。馴染みの山ではある。が、独りで登ったことはなかった。

心の底に氷の塊を抱えているような気分は、今回が初めてである。独りとは、こんな不安定な気分になるのだ。孤独というより不安と恐れが拭えないのである。

八合目辺りで下山する中年女性に出会った。その人も独り登山だ。「独りで登ったの？」と私。

「はーい。頂上はとっても気持ちよかったですよー」「もうすぐです。気をつけて登ってくださいねー」「頑張ってくださいねー」と明るく励まされ、気をよくした。

七十九歳の山登りである。九合目のそそり立つ岩が一番の難所だ。殆ど直に立つ岩を見上げながら「ここまで来た」と深呼吸。遠くの空の白い雲が雪のように白く光っていた。

危険な場所だけに気も引き締まる。まず安全な足場を確保する。手を伸ばし、しっかりと摑める木の根っこで身体を持ち上げる。ギュッと神経を集めて頂上まで登り切った。

十五時十分頂上着。

大石林山《だいせきりんざん》が右方眼下に見える。その先には太平洋が。穏やかに果てしなく広がる。辺土岬の方角には与論島が望める。そこからグルリと東シナ海へと続くのであろうか沖縄が小さな島であることが実感できる場所だ。入り江がくっきりと美しくうねる。

冬だというのに温かく心地よい。風がない。心の底に陣取っていた冷たい小さな氷の塊がいつの間にか溶けていた。

「拝む」という強い気持ちでここまで来られたことに感謝した。

まずは、帽子を取り、手袋を外し、頭髪をなで整える。厳かな気持ちで、岩におられるという神様に合掌。

温かな日差しを身体中にため込んでいるうち夕暮れは近くなったらしい。西の海に傾き始めた太陽が、空を染め始める。が、美しいとゆっくり見とれるゆとりはない。我に返って最後にもう一度神が降り立ったといわれる岩に合掌して下山することにした。

一番険しい九合目の垂直に近い岩を慎重に下りる。ホッとした。先程のご婦人が下りていった場所で思った。あの女性が下りた山道を通ったことがない…と。

鎖が見えた。あっ、そうか、手であの鎖を捕まえて……足をあの岩に置けば良いのだ。これまでとは違う道を下りてみようか……。と冒険心が顔を出した途端、深く考えもせずに、私の身体は動いていた。

右手を伸ばして鎖を摑もうとした。が、届かず。

とっさに左方向に伸びた枝で身体を支えねば……。と、左手を出したが、寸足らずで届かず……。身体は岩山の坂へと落ちて転がった。これを滑落というのだろう。

その先の記憶はしばらくない。

「あっグルグル身体が廻っている」「これは危ないことになっているらしい！」「死ぬのか……」「死ぬのかもしれない……」「……」

気がついたときには周りが薄ボンヤリとしていた。わたしは死んだのか？　生きているのか？　海の底に落ちたのか？　いやここは天国か？

それにしても痛い！「生きているのか！」「生かされた！」「もっと、生きて良いということなのだ！」

メガネが飛ばされているせいか、西日のせいか、動悸の激しさからか周りの景色が抽象化され、不安が和らぐのを感じていた。

霊山への厄払いのはずが命からがらの滑落事故。でも、こうして生かされた。厄を独りで背負うことでしか赦せないほど大きな罪を背負っていたのかもしれない。償いきれない何かを……。長年生きてきた。知らず知らずに人を傷つける事だってある。でも、生かされた。こうべを垂れるしかない。赦されたのだろう……と。

何とか立てた。一〇メートルほど上の方に帽子が見えた。滑落の途中飛ばされたらしい。

下山道の方向を目で探す。生かされたのだから、何とかなる。ここで留まっていたら闇に包まれる。森の闇は足早にやってくる。何とか車まではたどり着こう。

焦るな！　急げ！　焦るな！　急げ！　二つの感情が入り交じる。立って動こうとした途端に胸に激痛が走る。

耐えて家路へ。それが最優先事項のはず。まだ明るいうちに下山だ。キヨ子ガンバレ。右手の方角に黄色と黒で編まれた綱が見える。「あれが下山道だ」「大丈夫。行ける」と誰かが私を誘っている。くっきりと綱が目に飛び込んできた。

そろりそろりと足を動かしてみた。動く、動く。手も怪我はなし、肘の辺りから血はにじんでいるが両手が動く。リュックの水も無事。命の水を飲む。ごくっごくっと渇いた喉が鳴る。生きている。

人っ子一人いない森の中の静けさよ。鳥も鳴かない静かな森よ。神が住むといわれる森よ。お騒がせしました。「お守りくださりありがとうございました」。

「命をありがとうございました」と唱えながらの下山。慎重に一足ひと足確かめながら下りる。駐車場が見えた。最後の坂道を慎重に下りる。

運転席に座る。安堵。「もう動けない」と、弱気な奴が顔を出そうとする。

那覇までは何キロあるのだろうか。どれほどの時間がかかるのだろう。もういやだ。弱気な奴は自分の弱さだ。

「命を頂いたのだよっ」手も足も動ける。生きている。帰るしかないんだ。帰れる。強気な奴がねじ伏せる。

辺土岬のトイレに寄り、鏡を見る。

髪の毛の間に枯れ葉が交ざる。まるでキジムナーだ。頭の枯れ葉を両手で払う。顔をジャブジャブ洗う。両手で顔をパチパチと叩く。痛い。生きている。鏡の中の自分に、強気な自分と弱気な自分が映る。

那覇まで運転して帰るぞ！　いいか、しっかり頼むぞ！　と強気で迫る。両手で顔に張手をして、自分に「頼むよ」と車を出した。

名護に医者の友人が居るじゃないか、飲み仲間だし、後輩だし、診てもらおう。と、弱気な奴もしつこい。「この胸の痛み救急車呼ばないで良いの？」と。

強気な奴がその言葉をかき消す。「いくぞっ……キヨ子、家に帰るぞー」「頼んだぞっ……」

名護まで一時間半。息をするだけで痛い。咳ができない。ハンドルを左に切ると痛い。弱気な自分が泣きべそをかく。息をすると痛い。気晴らしに歌ってみる。

……この広い野原いっぱい咲く花を……

声が出せない。歌っている場合でもないが……。気が紛れる。

「運転していたら必ず那覇には着く」「ガンバレ」自分をすかし励ましながら運転。どうも、強気な奴が私の中では優勢らしい。

もうすでに八時を回り車のライトがまぶしい。生きている。

九時過ぎ、自宅に到着。玄関先で倒れ込む。生きて帰れた。「涼子を呼んで……」家人に娘の名をいい、気を失った。

気がついたら、自分のベッド。娘が心配そうに側に居た。簡単な説明を家族に話しその夜は痛み止めを飲み就寝。

家族は、訳も分からないまま、帰って来た母を寝かしつけた。

肋骨骨折

翌日、近所の整形外科を受診。勿論娘が付き添ってくれた。ドクターと娘は私の話に驚愕。レントゲン写真を見せ「肋骨が四本折れています」「足腰の骨折はありません」「打撲や傷は事故の状況を示してます。こんな状況下で肋骨骨折だけで済んだのは奇跡です」。

「本来ならば新聞に載るほど大変な事故になりかねませんでした」「運がよかったといいますか……」「これからはくれぐれも独りで山には登らないでください」とていねいに諭し「ところでおいくつ？」とカルテと私を見比べた。

翌日からの痛みたるや表現の言葉がない。筆舌に尽くしがたいとはこんなときに使うのだろうか。

息をするのが痛い。クシャミ？　悶絶の痛さである。

ベッドで横になるとき起きるときの身体の痛みの角度の研究をした。研究の結果痛みが少しだけ和らぐ角度を見つけることができた。嬉しかった。

しかし、研究論文にするほどではなさそうだから、書かなかった。

胸の骨が折れただけでこんなにも痛いのか。左足の打撲の痛みなどほとんど気にもならない。歌は歌えない。歌うには呼吸が伴うからだ。何度も書くが、クシャミと咳が一番怖い。

しかし、驚くなかれ、日に日に痛みは和らいでいくのだ。

痛みは人の気持ちをイライラさせる。紛れるかと、夕暮れからのウォーキングの習慣も復活させた。

痛みと同居しながらスローウォーク。みっともないほどペースダウン。でも、そのかいあってか、一ケ月ほどで全く普通に歩けるようになった。

人間の身体は強いのだ。心も強いのだ。生きることへのあくなき好奇心のお蔭で、何ごともなかったような生活に戻れた。自然治癒力、これも生まれるとき、与えてもらった大きな力だろう。

まだ八十歳になったばかりのホヤホヤ。与えられたこの命、どう生かしていくのかがこれからの課題なのだろう……か。

とはいえ、お利口さんの生き方は私の性分ではない。平穏無事を願いながらも「ハッとしたい」「躍動したい」そんな生き方に憧れる。

「独りで山には登らない」の約束は守るが、行動し続けるだろう。

これからの合い言葉は「一緒にあそぼっ」「一緒に語ろう」……かな……。

夫の緊急入院

と、この作品提出の締め切りを前にして、とてつもなく忙しい日々を過ごしていた十月十二日。「胸が苦しい」と家人が、青白く苦しそうな顔で訴えた。

間の悪いことにわたしは白髪染めの最中だった。「チョット待てる?」と聞き返す。

いま思えばむごいことをしたものだが、その時のわたしは手も足も塞がっていた。

返事がないので、相当悪いのだと、息子と娘を呼んだ。

前日は我が家でバーベキュー、孫らも一緒に楽しい時間を過ごし、お酒も飲んでいた。

朝ご飯もいつものように頂き、いつもの休日だった。

救急車を呼んでくれと言う。我慢強い夫が「救急車」と言うからにはよっぽどのことだと娘がすぐに駆けつけ、救急車を手配した。

十分以内には到着。救急隊が我が家に医療器具を持ち込んで上がり、夫を寝かせて酸素マスクを付けすぐに搬送していった。娘が付き添った。

面会ができないのがコロナ後の病院で、電話では話せるが直接は会えない。原因は「急性心不全」ということで入院治療が始まった。

それから今日まで三週間、内臓や血糖値に良くない症状が見つかり、入院はまだ続いている。

肺の影がなかなか回復しない、糖尿病の悪化、心臓の問題と三人の医師がチームを組んで夫の病状を見守って下さっている。

退院を前に酸素ボンベの機械の選択やインシュリン注射の練習など、家族も呼ばれることになった。初めてこれはかなり重症なのかもしれないと、私は夫の病状を理解し始めた。

書いている現在（十一月九日）の段階では退院の日はまだ決まっていないが、家庭での過ごし方などで医者から呼ばれることが多くなった。それは退院が近いということだろう。

滑落から蘇った私の「与えられた命」のことをいま改めて思う。これだけ自由に色々なことをやらせてもらった人生。

これからは、「この人を支えよ」ということなのかもしれないと……。書くのは容易だが、日々の暮らしは困難なことだらけ。息子や娘や周りの方々に支えてもらいながら夫婦で老いを生きようと思う。それも豊かに楽しく生きようと。

できたら夫も歌を習いに連れ出し、いつか家族でのコンサートを企画するか……。

岡山の話

稲田隆司

出張で岡山へ出向いた。博多から新幹線での車中で何年ぶりかなと考えていた。たしか前回は研究会参加で八年前であったか。その前は、そして以前はとぼんやりした岡山の記憶が思い起こされた。

医学生時代、岡山出身の友人がいて、中村敦夫似でよくもてた。合コンではかなわない。

それでもウマが合いよく遊んだ。百名に数名しか受からない鬼のような神経解剖学の教授の試問もそろって何回も落ちた。後年、その教授が定年退官の時、私は医局長であったので精神科教室を代表して記念品をお届けした。

教授は劣等生の私を覚えておられ「君えらくなったね」と微笑み、私も「先生のおかげです」と頭を下げた。

さて、その友人A君がいつも自慢した。岡山にはままかりがあると。「御飯を何杯でも喰えて借りに行くぐらい美味いんや、だからままかりというんや」。インターネットの情報によれば、「ままかりは、ニシン科サッパ属の小型魚であるサッパの酢漬け。岡山県を中心とする瀬戸内海地方にみられる郷土料理」とある。今回の会の帰り、福岡への新幹線では、「ままかり弁当」を食べた。たしかにうまい。

学生を終え、就職、入局時、医局に入る時の精神科の教授が岡山大学精神科出身であった。「沖縄出身で立津政順先生という立派な精神医学者がいる」と語られた。立津先生は、水戸高等学校、東京大学を卒業し、熊本大学精神科教授として、統合失調症、覚醒剤精神病、一酸化炭素中毒、水俣病などを研究した。妻方の叔父、精神科医の城間政州先生も岡山大学精神科で学び、沖縄のメンタルクリニックの草分けである。

二十代、学会の後、岡山市内をブラブラしていた。街の古美術館に入った。当時、焼き物に興味があり、長居していると、スーツ姿の年輩の方が話しかけてきた。焼き物に興味があるのかと。うなずくと「せっかくだから本物の備前を観ていきなさい」と奥の部屋に案内された。畳の間に、凛とした備前が座している。池田の殿様が所有された品だという。「よく観なさい。これが古備前です」と。今でも脳に焼きついている。「金はためたらあかん。インフレですぐに価値がなくなる。美術品を買いなさい」と笑った。後で、どういう方だろうと岡山の人に尋ねると、元銀行の頭取だという。地元では名士との事。印象深い人だった。

パレットくもじで二十一年個展が続いた嘉生安穂《かしょうやすほ》先生という備前の作家がいる。毎年四月個展があり多くのファンが待っている。「春は嘉生から」と私は名づけていた。二〇二一年終了となった。備前の要件である赤松で焼くというその赤松がなくなり、電気ガマの時代となり、先生はそれを良しとせず備前を辞めた。毎年先生の個展で購入した器を割烹さか木で料理を盛ってもらい、先生を囲み食した。器の解説、この土、焰の具合、作陶の苦心、新たな試み、作家による具体的な作品の話は興味深く豊かな時間であった。皆、聞き入った。

東京で勤務中、AMDA《アムダ》の菅波茂《すがなみしげる》先生を紹介された。アソシエーション・オブ・メディカルドクターズ・オブ・アジア。Association of Medical Doctors of Asia である。本部が岡山にあったので訪ねた。歓迎され、君はＡＭＤＡにとって大事な人になる予感がするといわれた。ＡＭＤＡはアジアの為に働く医者の集まりで、当時、国境なき医師団を目指すと話されていた。私が沖縄に戻った前後、菅波先生からＡＭＤＡ沖縄支部を作りたいと連絡があった。県や病院関係者を紹介し、ＡＭＤＡ沖縄支部発足に関わった。沖縄セントラル病院の大仲良一《おおなかよしいち》先生が支部を引き受け精力的に活動している。

菅波先生は言う。岡山、広島、沖縄が組み、平和を考える運動をしたい。古い文化、霊性に富む岡山と原爆の重さの広島、沖縄戦を背負う沖縄、ＡＭＤＡはその間に立ちたいと。岡山の先生のクリニックを思い出す。世の中にはこういうインパクトのある先輩がいるのかと思った。

この構想は形にならなかったが、今もＡＭＤＡ関係者との御縁は続いている。今回の岡山での懇親会で、元岡山市医師会長と隣り合わせ、ＡＭＤＡの菅波代表の話をすると、先輩だと。有名な人だよとうれしそうに語った。ＡＭＤＡはアジアのみならず世界各地の被災地を支援している。

以前、早稲田大学に琉球・沖縄研究所があり私もその立ち上げに参画した。沖縄出身の勝方《かつかた》＝稲福恵子先生が所長で、専攻はアメリカ文学であったが、多くの沖縄研究者を育てた。その一人の八尾先生が丁度、今年、岡山の大学に着任した。先生は、沖縄と台湾を行き来し、パイナップルの研究でよく沖縄に滞在する。先生とは二十年来の付き合いで、よく情報交換をする。沖縄県医師会が台中市医師会と姉妹提携を結び、隔年相互訪問し、最近では台北市医師会とも交流している事。八尾先生に色々相談している。

先生から、今年ぜひ観てほしい映画があるといわれ「流麻溝十五号」を観た。台湾の白色テロ時代を描き、ようやくこの事実が映画化できた。

日本統治時代が終わり、一九四九年に中国での共産党との戦いに敗れた蔣介石とともに台湾にやってきた台湾国民政府による、恐怖政治下で戒厳令が敷かれていた時代「白色テロ」。この時代、台湾南東岸に位置する自然豊かな島・緑島には三十年以上もの間、政治犯収容を目的とした教育施設と監獄が置かれていた。思想改造及び再教育を目的とした「新生訓導處」は一九五一年から一九六五年まで設置され、収監された人々は名前でなく番号で管理されていた。（映画解説より）

隣りの邦でこのような悲劇、不条理があった。

さて、今回岡山に行くぞと那覇のバーポコリットの宮里オーナーに話し、岡山にいいバーはないかと尋ねた。少し考えて、昔、中洲の勉強会でお会いしたバーマエダがありますよと言う。八尾先生が探してくれて訪れた。「300種類をこえる世界のラム酒とジャパニーズウィスキー、国産ジンを備えてお待ちしております」と看板にある。オーナーの前田さんの技量と人柄もすばらしかった。勧められ、岡山の「高瀬舟」という羊羹《ようかん》とラム酒の相性も抜群であった。また一つ、岡山に御縁ができた。

以前、研究会で岡山を訪ねた時、会の終了後、ブラブラと街を歩いていた。いつものクセで一見《いちげん》の店を探していた。繁華街をそれたのか、なかなかお店が見つからない。角の方に、喫茶店のような灯りがあった。入るとマスターと小学校低学年の女の子が居た。軽く座り、岡山や沖縄の話をした。温かな接遇で気持が良かった。

沖縄に戻り、お菓子を送った。すると、岡山の桃であったか、それと女の子の手紙を頂いた。「お菓子ありがとう。これからもよろしく」とあった。しばらく忘れていたが、私の岡山への親近感はこの子の気持ちが優しく支えてくれているのかもしれない。

追憶　アルベルト・フジモリ

稲嶺恵一

二〇二四年、マスコミは、ペルーのフジモリ元大統領の死を報じた。ペルーは私の祖父、盛玉の移住先であり、しかもフジモリ氏は日系初の大統領に就任した人物なので、私も常に関心を持って、彼の「光と影の生涯」を注視した。そのニュースは感慨深いものがあった。

フジモリ大統領の船出

ペルーでは長年、少数エリートによる支配体制が続いていたが、一九九〇年アラン・ガルシア政権時代、経済面のみならず治安面でも最悪の状態に陥った。

フジモリ氏は、新党「変革90」を結成し、大統領選挙に立候補した。当初は、貧困層や先住民の支持を得た泡末候補扱いとみられていたが、その後、旧政権に失望したエリート層にも食い込み、最有力候補バルガス・リョサ（後にノーベル文学賞受賞）を決選投票で破って当選を果たした。

日系ということで、ペルー移民の強い支援があったと思いきや、現地関係者に聞くと、実は大違いで、日系人はむしろ旧体制を支援したと言う。

ペルーは第二次大戦において、南米の中でも最もアメリカの政策に同調し、日系人の収容や財産没収など数々の厳しい措置がとられた。その思い出がよぎり、情勢を見つめ、フジモリ大統領が成果をあげ、安定的地位を保つようになり、初めて積極的支援に転じた悲しい歴史に辿りつく。

フジモリ大統領就任後、直ぐ手掛けたのは瀕死状態にあったペルー経済の再建であった。

ＩＭＦの指導を仰ぎ国有財産の売却、外国資本の石油・天然ガス、鉱物資産への投資誘致、さまざまな国内法の改正に取り組み、大幅な改善を見せた。

立ちふさがったのは二つの勢力である。一つは議会で少数与党の苦しみを味わった。もう一つはテロ組織で、毛沢東系過激派センデロ・ルミノソとチェ・ゲバラ系穏健派のトゥパク・アマル革命運動であった。

友好の使者へ無情の銃弾

翌一九九一年七月、ペルー首都リマの北方ワラルの野菜生産技術センターを狂暴なセンデロ・ルミノソ（極左ゲリラ組織）が襲った。その時、ワラル地区において日本の技術協力で行われた「野菜生産技術センター」プロジェクトにＪＩＣＡから専門家として派遣されていた沖縄出身の金良清文さんを含む、三名の日本人技術者の尊い命が奪われた。金良さんの遺族はカンカンになって怒り、ＪＩＣＡとの話し合いを拒否、解決までに長い年月を要した。沖縄県議会でも県に対し厳しい質問がなされた。二度と起こしてはならない悲しい出来事だった。

その後、フジモリ大統領は、警察と軍隊を中心とし、テロ組織に対応する組織を作り、リーダーを次々と逮捕した。その後、国内でのテロ行為は大幅に減少した。

フジモリ大統領の沖縄バカンス

一九九三年五月、フジモリ大統領は外遊の合間を縫って沖縄を訪れた。当時、ペルー国名誉領事だった國場幸一郎さんの招きに応じ、家族連れでホテルムーンビーチに滞在した。

現役大統領の警護は、人だかりの多い所では難しいという事で、終日ホテル所有の無人島「ヨウ島」で過ごすことになった。

私も、國場さんからの依頼を受け、接待要員として比嘉良雄さんと共に待機していた。しかしフジモリ大統領は、子どもさん（二男一女）との触れ合いを大事にし、普段の厳しい表情は消え失せ、優しいパパになり切っていた。我々は親密な親子団欒に入り込む余地がなく、その様子を横目で見ながら囲碁対局で時間を過ごした。大統領は特にケイコさんを可愛がっていたのが印象的だった。

その後ケイコさんが、父失脚後三度にわたって大統領選に出馬したのも、敬愛する父の後継者として成功し、父の思いを実現したいとの思いが強かったのであろう。

関係者に「海外公務で多忙の中、何故子ども達を沖縄に連れてきたのだろう」と問うと「ペルーは治安が悪いので、外遊中、子どもが誘拐されるのを心配したのだろう」との答えが返ってきた。「それでは何故奥様を連れて来なかったのか」と聞くと、「そうなった方が良いと思っているのではないか」との返事だった。きつい冗談だと思っていたが、その後離婚が成立した話を聞き納得した。

ムーンビーチ関係者の話によると、大統領は子供たちとの応待に疲れ切り、帰りのボートの上でうつ伏せになった瞬間、警備の人達の視線から消え去り、大騒ぎになった逸話もある。

日本大使館襲撃事件

フジモリ大統領の思い切った経済改革により、ペルー経済は劇的に改善された。一方、ゲリラ対策も、総力を挙げて推し進め、一九九二年には、トゥパク・アマル革命運動のリーダーであるビクトル・ポライ・カンポスを捕らえると共に、センデロ・ルミノソの指導官、アビマエル・グスマンも捕らえ、ゲリラ勢力は急速に勢いを失った。

その中で、突如起こったのが一九九六年、十二月七日に起こったトゥパク・アマル革命運動による、日本大使館占拠事件である。天皇誕生日祝賀レセプションに集まった招待客など約六〇〇人を人質にし、仲間の釈放などを呼び掛けた。膠着状態が続き人質の安否が気遣われたが、解決したのは四カ月半後の四月二十二日であった。

周囲に大音量で音楽を流しながら掘り進めた地下道を駆け上がり、特殊部隊が突入、人質の犠牲者が一人出たものの、先に解放されていた女性と老人以外の残り七十一名が救出された。なおゲリラ側は見張り役の若き女性を含め、全員射殺された。

沈着、冷静、人質の命を優先しつつもゲリラの不当な要求に屈することもなく毅然とした態度で問題解決に当たったフジモリ大統領は高い評価を受けた。反面その独裁的手法に対する批判は次第に高まっていった。

日本人移住百周年記念式典

フジモリ大統領は、ペルー最大の課題であったハイパー・インフレの抑制、ゲリラ撲滅などに取り組み、着実に成果を上げた反面、ゲリラ対策においては、軍事グループが深刻な人権侵害を再三引き起こした。フジモリ大統領の独裁的手法について反対する声も徐々に高まりつつあった。

その様な状況下で一九九九年五月、日本人移住百周年記念式典がリマ市で挙行された。厳しい状況におかれているにも拘わらず、フジモリ大統領は、常に毅然とした態度を示していたのが印象的だった。

同時に、長身のフジモリ大統領に対し、小柄ながら着物姿で式典に臨んだ紀宮内親王の気品溢れる対応は、多くの参加者の賞賛の的となり、沖縄からの代表団一同も深く感激した一日となった。

フジモリ大統領　悲運の半生

翌二〇〇〇年、フジモリ大統領は三選を目指したが、決選投票に持ち込まれた。だが相手候補が選挙に不正ありとしてボイコットしたこともあり、清廉潔白で人気を博していたフジモリ氏が三選を果たした。

以降、フジモリ大統領の転落が始まる。

三期目就任直後、フジモリ大統領の最側近のペルー国家情報局顧問ブラディミロ・モンテシノス自身が、野党議員に賄賂を手渡すシーンが記録されたビデオ映像が公開された。フジモリ大統領は彼を退任させたが、国民の怒りは頂点に達した。結局、逃亡したモンテシノスは、海外で身柄を押さえられ、ペルーへ引き渡された。フジモリ大統領も外遊の途中、東京に留まり続け、大統領を辞任した。

ペルー議会は辞任を拒否し、罷免した上で今後十年間、公的立場に立つことを拒否した。その後も資産凍結や日本大使公邸事件の際、投降したゲリラを射殺した容疑で、殺人罪として起訴するなど、次々と追い打ちをかけてきた。

二〇〇七年七月、フジモリ氏は日本の参議院議員選挙に立候補した。日本とペルーの二重国籍を有していたので法的には問題はないが、ペルー国民の失望感は大きく、現地紙では「卑怯者」「サヨナラ」など、冷ややかに報道された。

二〇〇七年、チリ政府は「滞在中のフジモリ氏の身柄をペルー政府の要請に応じ引き渡した。以降、フジモリ氏を待っていたのは、裁判の連続であり、最終的に禁固二十五年の実刑が確定した。

二〇一七年、ペドロ・パブロ・クチンスキ大統領が、フジモリ氏の獄死を回避するために恩赦を表明。その翌年、病院を退院して約十年ぶりに自由の身になったものの、最高裁が恩赦を取り消しフジモリ氏の拘束を命じた。

二〇二三年にようやく憲法裁は、フジモリ氏の釈放を命じた。約五年振りにまた自由の身となった。

二〇二四年、九月十一日、フジモリ氏は長い闘病の上、癌で亡くなった。

アルベルト・フジモリ氏の人生はまさに、「光と影」に分類される。

フジモリ大統領の評価

大統領任期十年間に、どん底のペルー経済を大規模な経済改革を行い、見事に立ち直らせた。その後の政権も、一九九〇年以前の経済危機からのトラウマから、自由貿易や市場開放を進めたフジモリ政策をそのまま押し進めている。

治安面での改善も大きい。麻薬組織と左翼ゲリラが引き起こしていた最悪の状態を、人権侵害もいとわない強引な手法で取り潰した功績は大きい。

逆に強引に改革を進めたマイナス面、議会解散、憲法破棄、テロとの戦いにおいても、国家による抑圧行為や人権侵害が多くあり、特に一九九〇年代にペルーでおきた軍特殊部隊による民間人殺害事件では、フジモリ被告に対する有罪判決に大きな影響を与えた。

功罪半ばするものの、任期中ペルーが大躍進を遂げ、後続政権も他の南米諸国と異なり、その主要政策を引き継いでいること、まして麻薬組織や左翼ゲリラに壊滅的打撃を与えたことは高く評価されるべきであろう。

ムーンビーチでの夢の一日

我々の目にするフジモリ大統領は、いつも毅然としていた。そのフジモリ大統領が沖縄訪問時、愛娘ケイコさんの前で、柔和な父の顔になりきり、子どもとの触れ合い、フジモリ大統領にとって忘れない日だったのではなかろうか。

心よりご冥福を祈る。

宮古・八重山は中国領土になったかもしれない？

上原盛毅

日中対立

明治維新は薩長土肥連合による一種の武力革命であり、二七〇年続いた徳川幕府を崩壊させたばかりか鎌倉幕府以来七世紀に及ぶ武家政治も終焉させた。新政府は西欧諸国を手本にした中央集権国家を構築し、領土を北は北海道、南は琉球と設定する。しかし、琉球には徳川幕藩体制とは別の独自の政治形態を維持してきた中山王府尚政権が存在しており、新生日本国家に統合するにはそれなりの形式を整える必要があった。明治政府は一八七二年中山王府を「琉球藩」に組織替えし、七年後の一八七九年には全国の廃藩置県に準拠して「沖縄県」を設置、在日外国公館に通知した。そして、五百年続いた中国との朝貢・冊封関係を禁じたのである。旧王府支配層は猛反発し、新政府に抵抗、中国へ救援を求める活動を行った。

この報に接した在日中国公使館は猛然と抗議し、それに明治政府が反発して双方の論争が始まる。これらの一連の外交文書を一八七九年九月一日付ニューヨーク・ヘラルド紙がスクープしている。本稿で引用する資料は山口栄鉄訳編『琉球王国の崩壊』（一八七九年前後に国内外で発表された英文記事を翻訳編集した資料集）に拠っているが、外交辞令的常套句が多々あり、冗長で反復も多いため省略または要約した。

《一八七八年一〇月七日付　何如璋中国公使から寺島外務卿への書信》

明治政府が沖縄県の設置を内外に公表すると、在日中国公使何如璋《かじょしょう》は長文の抗議文を明治政府に送りつけた。

「琉球は東シナ海に浮かぶ小島群であり、その領域も限られ、島の物産も微々たるものに過ぎず……。琉球は洪武帝の頃より一国としての存在を保ち、我が中国の支配下にある。琉球はわが国より王位の冊封を受け、入貢し、わが国国外附庸国の一つをなしている。我が清朝はこれまで小さな琉球国を遇するに多大な温情と憐れみを以ってし、琉球側も我が中国に奉仕するにあたって並々ならぬ恭順の念を以ってしてきている。……。

突如として日本国は琉球が中国へ入貢することを禁じたとの報がもたらされた。日本国のような偉大な国が隣国との友好の責務を無視し、小国を抑圧、良心、正義、人類普遍の心情、理性のすべてにもとる行為を敢えてする――これは我が中国政府にはにわかには信じがたいことである。……。貴国が琉球を侮辱し、抑圧し、古くからの慣例を恣意的に変えるなど我が中国や琉球と条約関係にある国々に対しいかなる面子を以って対処し得るや？　世界の国々が自由に交流し、守礼の原理が第一義、最重要とされる今日、何らの理由もなく小国を壊滅させるなど人類普遍の信義或いは国際法の精神に照らせばすべての国が反発するのは明白である。……。

次のことを希求する。琉球が旧慣通りの政治形態を維持し、中国への朝貢を認めることで、貴国には何の禍も招来しないであろう。……。早急に返事を賜りたい（傍線は筆者）」。

中国語の原文を英訳し、更に日本語訳にしたので幾分ずれはあるにしろ、なんとも凄まじいというか尊大で、居丈高な姿勢の文言ではある。大清国の本音がむき出しに表現されているといえようか。伊藤博文内務卿が激怒したのも当然である。明治政府は後々までこの問題文書を追及する。

《同年一一月二一日付寺島外務卿から何如璋公使への書信》

明治政府は琉球が日本に所属していることを明確にして、前述の文書の問題表現（傍線部分）が本国政府の指令なのかと問い質している。

「……琉球諸島はこれまで貴閣下との二度の会見により繰り返し真摯にお知らせしたように過去数世紀にわたって疑いもなくわが国に属して来ており、現在はわが国の内務省の管轄下にある。突如として貴閣下より次の事項を含む書信を受けるとは予期せぬことであった。『日本のような偉大な国が……（前述の文書の傍線部分引用）……。貴国が琉球を侮辱し、抑圧し、古くから確立している慣例を恣意的に変え、何ら理由もなく小国を壊滅させる』云々はわが国に何ら質すことなく、虚偽の陳述、乱暴な言葉の数々を並べているが、本当に貴国政府があのような言葉遣いをするように指令したのであれば、貴国は日中両国の和平と友好関係を保持する意思を欠いているように見受ける。ぜひ貴国政府に確かめられたい。……」。

《同年一一月二九日付何如璋公使から寺島外務卿へ》

何公使は直ちに反応し、九日後には返信している。

「……不躾な言い方を避け、間接的な表現を用いているので思慮を欠いた軽率な表現はないし、あくまで友好条約に基づき両国の和平と友好、最大の利益となるよう尽くしてきた。……。貴国政府が我が方に何らの通告もなしに琉球に上述の指令をなしたことは隣国と友好関係の維持にもとるものと憂える。本案件には人類普遍の心情と正義の精神を以って対処されるよう希望する」。

《同年一二月三〇日付寺島外務卿から何如璋公使へ》

明治政府は上記文書より一ヵ月後に極めて冷淡な短信を発出する。

「（中国公使の書信受領）……我が琉球地方に関しては一八七八年一一月二一日付書信にてすでにお答えしてある。今回の貴信はそれ以前の一八七八年一〇月七日付貴信にすべて含まれており、それについてはすでにお答えしてある。それ以上お答えするものはない。……」。

こうして東京における交渉は暗礁に乗り上げたが、一八七九年二月何如璋中国公使は中国本国より指示を受ける。「我が国に属する琉球の代表団から訴えがあり、その窮状恥辱を救うのは中国の務めである。従前通りの状態を保持するよういま一度日本外務省と交渉せよ」と。それを寺島外務卿宛に文書で提出する。更に、三月十二日には「日本が琉球へ軍隊を派遣するのは中止すべし」と要求書を送る。直ちに寺島外務卿は「前に遺憾の意を表明した件（最初の侮蔑的な表現のある何公使の書信、筆者注）については満足すべき回答を得ていない。軍隊の派遣については琉球とその人々の平和と安全のために実施した」と回答する。

《一八七九年五月二〇日付で何公使から寺島外務卿へ》

「日本政府が琉球の政治形態を消滅させ、日本の一県にするにはどんな正当な理由があるのか」と質問状を送る。寺島外務卿は五月二十七日付け書信で「琉球藩の解体と沖縄県の設置については我が政府の内部事情に基づき内務省が着手したものである。一八七八年一〇月七日付貴信は看過できないものがあり、貴国政府当局から満足すべき回答がない」と返答した。ここでも最初の文書へのこだわりを示す。

《同年六月一〇日付寺島外務卿宛の何公使文書》

中国側は苛立ちながらもこれまでの主張を繰り返す。

「琉球は数百年前からわが国の冊封を受け、入貢を果たし、独立自治を認められたわが国の附庸国であることは世界各国周知の事実である。貴国は何年何月に琉球を領国にしたのか、いかなる正当な理由があるのか我々は関知しないし、世界に公表しようではないか。また、何度も繰り返し我が方の書信に不適切な表現があったと指摘しているが、貴国がそのようなことはするはずはないという前提で深い配慮を示した我が方の書信の趣旨を誤解している。我が中央政府から日本政府が琉球王府を解体し、日本の一県に吸収合併したことに対し直ちにそのような措置を止めるよう文書で要求するよう指示があった。本件について返事を賜りたい」。中国は決して己の非は認めないのである。

以上は前記ニューヨーク・ヘラルド紙の記事の抜粋であるが、その後の日中間のやり取りについては取り上げず、グラント将軍の訪中、訪日の報道に移っていく。

要するに、中国はその附庸国琉球を日本が勝手に併合し、朝貢を禁じたのは怪しからん、元の状態に戻せといい、日本は琉球は元々日本の領土であり、新政府の政策により体制を再編するのは国内問題であり、他国が介入する権利はないとして、日中が互いに主張をぶつけ合っている情況下にグラント将軍が登場し、舞台が転換した。

グラント将軍の登場――日中両政府への調停

南北戦争を勝利に導いた英雄、第十八代米国大統領ユリシーズ・S・グラント将軍は退任後米国政府から世界周遊のための軍艦リッチモンド号の提供と在外公館の便宜供与の厚遇を受けた。一八七七年五月から二年余をかけてイギリスを皮切りにヨーロッパやアジア諸国をめぐった後、一八七九年六月に中国に着、皇帝の弟・摂政恭親王《きょうしんのう》及び漢人最高実力者李鴻章《りこうしょう》総督と会見し、琉球問題解決の協力依頼を受ける。その概要を一八七九年八月十六日付ニューヨーク・ヘラルド紙が大略次のように報道した。

グラントは六月十五日に北京で清朝政府の摂政恭親王と会見し、琉球問題解決への協力を依頼される。恭親王によれば、琉球は明朝時代から幾世代にも中国の宗主権を認め、わが国の海外附庸国同様、独立国の一つとして中国にのみ忠誠を誓ってきた。しかし、日本が突然国王を連行、王位をはく奪、国家的主権を消滅させ、日本の官僚の管理下に置いた。わが国としては逮捕連行した国王の地位を元に戻すこと、日本の駐留軍を撤退させること、一方的覇権を取り下げることであり、日本がこのままの姿勢、主張を続ければ戦争になると。同行記者は恭親王の弁説と大仰なゼスチャーは東洋人よりもイタリア人に近いと観察する。

次に、グラントは天津に寄り、清朝政府の漢人実力者李鴻章総督と会談し、琉球問題の詳細な説明と協力を求められる。恭親王が主張した琉球との深い結び付きと突然の日本の琉球併合という暴挙に加えて中国沿岸の藩屏である琉球諸島が日本の手中に陥れば中国貿易の障害になり、台湾の地位も危険であると強調した。この点をグラントは注目する。漢人を代表する総督李鴻章は過去何十年も中国を支配してきたタタールの皇太子恭親王の意見よりも強い語調で中国の主権や対日政策を主張したと同行記者は述べる。

これら両巨頭に対し、グラントは旅行中の一介の私人に過ぎず、何の公的資格も権力もないとして聞き役に徹するが、列強の獲物を狙う危険さ、戦争の悲惨さはよく知っており、戦争を避けるべく中日両国の主張を聞いた上で、役立つことがあれば協力すると約束した。ヘラルド紙の記事は両巨頭とグラントの生々しい会話をそのまま掲載して読者の興味をそそるが、冗長で繰り返しが多く要点だけに留めた。

一八七九年六月二十一日グラントは横浜に到着、日本側の大歓迎を受ける。明治政府の最初の国賓であり、一八七二年岩倉使節団が米国訪問した時の大統領がグラントであり、歓待された経緯があるので、明治天皇以下政府首脳は丁重にもてなした。

琉球問題については七月二十二日伊藤博文内務卿、西郷従道陸軍卿、西田駐米大使がグラントの日光の逗留先で会談した。

日本側は詳細な資料を以って説明を行っている。即ち、古代における日琉関係、言語、宗教、民族、風習などは日本と同じ系統であることを具体例で示し、琉球が数世紀前から日本の附庸国であったが、近世に至って豊臣の時代に納税の義務を怠り、徳川家康将軍が薩摩藩主島津家久に琉球討伐を命じた。国王尚寧は降伏し、誓約書に署名した。「琉球はいにしえより薩摩の附庸であり、納税の義務がありながらそれを怠り、征伐された。薩摩藩主の慈悲により、家臣となることを許され、帰国できた。その恩を忘れず、未来永劫忠誠を誓う（要約）」。同趣旨の誓約書を三司官も提出した。薩摩藩からは掟十五条の法令が出され、近年まで遵守されている。数年前は琉球人の一群が台湾島の原住民に殺害される事件があり、日本政府は遠征軍を派遣して懲罰したが、中国政府からは何ら抵抗もなく、それを公認し、被害を受けた住民に対する賠償金も支払っている。このように日本の琉球に対する主権は確立しており、中国側が主張している入貢や冊封による附庸国というのは旧来の形式的な関係であり、それを以って中国の支配下とは認められないものである。

グラントは歴史的経緯はともかく、日本側の琉球に対する主権については理解するも中国側の名誉と領土的懸念から日中両国が戦争になれば、西欧列強の餌食になり、悲惨なことになるので、両政府の全権代表による交渉で解決するべきであると助言した。ヘラルド紙は具体的には触れていないが、琉球諸島の南部を中国に割譲する代わりに中国内における日本の商権を列強諸国並みにすることを示唆したと思われる。グラントは明治天皇以下首脳陣に積極的に接触説明して日本側が応じているからである。更にその案を中国側にも通報している。

日中対立の帰結

グラントは居心地がよかったのか三カ月も日本に滞在して、一八七九年九月に帰国の途に就いた。そして、グラントの助言通り、予備交渉を経て日中両国は全権代表を任命し（中国代表は恭親王他、日本代表は宍戸《しし ど》璣《たまき》全権公使他）、一八八〇年八月十五日に北京で交渉の場につくが、難航を極め、三か月後の十月二十一日に決着した。

最終合意案は中国側が作成し、日本側が合意したものを十日以内に両代表が署名捺印し、三か月以内に北京で批准書の交換を行うことに決まった。最終案とは①日本に属す沖縄諸島以外の二島宮古、八重山は中国に帰属し、以後いかなる事情があっても互いに相手の領土に介入しない。②現行の条約において日中両国が第三国に与える貿易、航行の特恵措置を相互に援用する条項を追加する。③新たな追加条項により現行条約の相当部分は破棄し改定するの三点である。

しかし、十日、二十日経っても何の連絡もなく、日本の宍戸全権が督促すると十一月十七日に内部検討を要するので暫時待てとの通報があった。その後も動きなく、宍戸全権は翌年の一月五日に外交部に対しこれまでの経緯を述べ、「この遅滞はわが国を意図的に欺き、日中友好維持に関心ない証拠であり、今後、わが国の琉球諸島政策に介入すること断じて許容しない」という趣旨の書簡を送りつける。中国側は相変わらず、本件は軽々しく扱うべきではないから待つようにと回答する。一月十五日付で宍戸全権は両国代表が合意したものを水泡に帰すようであれば二度と交渉には応じないと申し入れると中国側は内部検討しているので再提案したいと平然と回答する。ひょっとしたら、あれだけ日本政府が琉球地方は日本国領土だと断じていながら、二島の分割を認めたのだからさらに一押しすれば日本は譲歩するのではないかという雰囲気が中国上層部に生じたのかもしれない。宍戸全権はついに一月十七日、「国を代表する全権使節間で合意したものは尊重されるべきであるのにそれを破綻させたのは中国側の責任である」と最後通牒を中国総理衙門（外交部）に叩きつけ三日後には帰国した。この経緯についてはグラント提案の件でもあり、米国大使館に詳細説明して了解を得ている。

一八八〇年三月一日中国皇帝より勅令が下る。内容は「わが帝国は琉球諸島の保持存続を最優先と考えるのであって、諸島分割案は李鴻章閣下が賛意を表しているにもかかわらず、わが国本来の目的を達するには不十分である。従って、総理衙門は恒久的解決を検討すべく、いま一度日本国代表と折衝するよう本勅令を以って命じる」となっている。琉球を丸ごと取ってしまえという命令である。それにより駐日公使館から接触あるも日本政府は勿論相手にしないし、暫くは駐中国公使の派遣も見合わせている。

こうして、琉球帰属問題と分島案は中国側の意向で有耶無耶になったが、実現しておれば今頃宮古八重山は中国領になっていたことになり、国家間の取引の非情さに背筋が寒くなる事件ではある。この事件に続いて、朝鮮半島で日中が衝突して日清戦争がぼっ発（一八九四年）、日本側の勝利により台湾までも日本領土になった。日本人の殆どは琉球列島の帰属をめぐって日中両国が争い、あわや宮古八重山が中国に割譲されかけた事件を知らないだろうが、中国側ではどう見ているであろうか。沖縄が日本復帰する直前の一九七一年には中国のメディアや学者が沖縄の帰属について疑問を呈し、二〇一〇年代には中国共産党の機関紙「人民日報」が沖縄は歴史的に中国の冊封体制に属していたと指摘し、二〇一三年には尖閣諸島の絡みで中国社会科学院の研究者が「琉球の帰属問題を再検討すべき」という論文を発表、国内外で大きな反響があった。最近では沖縄での琉球独立運動に注目しメディアや学者が取り上げているらしい。中国政府は公式にはこの問題に触れてはいないようだが、中国国内では未だくすぶっていると見るべきかもしれない。中国がさらに巨大化し、日本がより衰退し、ロシアとウクライナの差以上になるとどんな社会変動が起こるのか妄想であると否定できない恐ろしさがある。

在野堂々『中山世鑑』を撃て！

上間信久

去年の夏のことであったのだが、何気なくある本に目を通していると「オヤッ」という一行の文章に目が釘付けになった。それが、「源為朝《ためとも》に関する『中山世鑑《ちゅうざんせいかん》』の記事は、『保元物語』そのものである」というのである。これまで聞いたこともない、目が点になるような内容に、「まさか琉球の正史とあろうものに、そんな記述がある筈はないし、また、あってたまるものか！」と。

このような気持ちになったのは、今帰仁村に生まれて、幼稚園児の頃に聞いた為朝伝説の「運天」を信じ切っていたからなのである。つまり、初めての遠足の時に、「運天の名前は、為朝が運を天に任せて着いた所だから、そんな名前がついたのよ」と姉さん達に教わっていたからなのだ。

「まさか、真坂」と呟きながら『保元物語』を手にして、愕然としたのである。初の琉球史書『中山世鑑』の記事は、保元の乱を中心とした軍記『保元物語』を、丸写ししたコピーであった。

このことに気づかせてくれたのは、諸見友重氏の『訳注・中山世鑑』であり、しかもこの本は、十数年も前に出版されていたのである。驚きを通り越して、それを知らなかった自分が全く情けなく思えたのであった。もっと早く知っていたらと悔やまれてならなかった。

それを知ってからというもの、私の沖縄の歴史観は、根底からひっくり返り、地団太踏んだのであった。

「為朝に関する記述は嘘であり、これまで信じてきたことは、物語に過ぎなかった。どうしたものか……」と。

騙されていた自分を許せなかったのである。

七十歳の半ばを過ぎた今頃になって、事実を知るとは……、もう取り返しがつかないのではないかと思いながらも、どうしてこのような重大な記述が世間の話題にならなかったのかと、奇妙な感覚にとらわれた。

「それは、君が知らなかっただけだよ」との声が聞こえてきそうではあるが、しかし、本当の姿を知ってしまったからには、このまま黙って放置していいのだろうか？

「もういい歳だし、どうしようもないなァー」などと思いながら、ふと、世鑑を編纂した羽地朝秀は、どうして『保元物語』を丸写ししたのかと気になった。

流石に彼も気にしていたとみえて、次のようなことを書いている。

「胸に五経を知り、心に永遠を思う者が、この世鑑を改訂することを、慎んで願うものである」と。

私は、この文章の真意は、「世鑑には、私、羽地の本意でないことを書いているので、それを見つけて直してくれることを心から願っている」と、解釈したのである。

これは、羽地の本音に違いないと直感し、老骨に鞭打って、彼の思いに応えてみるのも一興だと決めたのであった。

「本を出そう！」と。

それでタイトルは、羽地の意を汲んで、『在野堂々　中山世鑑を撃て！』とした。

過激にすぎないかと思いつつもである。

いざ！

書き始めてみると、何のことはない。

これまで気になっていた地名、沖縄に三カ所もある「勢理客」をはじめ、浦添の「うじまが原」などが、ドンドン物語になって、つながって行くのである。

更に、奥里将建《おくざとしょうけん》の『沖縄に君臨した平家』や、この本で紹介されている藤原兼実《かねざね》の日記『玉葉《ぎょくよう》』などが、大きな示唆を与えてくれたのである。藤原の日記には、「一一八七年に、讃岐の八島にいた平維盛《これもり》卿が、三十艘ばかり率いて南海に去って行った」とあり、強烈な一撃であった。

こともあろうに、この年は、琉球王朝が成立した年なのである。

何かある！とこれに意を強くして、「訳注」を熟読し続けているうちに、重大なことに気がついたのである。それは、たったの一行。

「尊敦《そんとん》は、五十余騎の軍勢で、首里の城に押し寄せて……」であった。

注意していないと見落としてしまうような所であったのだが、ふと、「待てよ！」と。

「為朝の息子」とされている尊敦が、首里城を攻めた年は、一一八七年とされているが、この年に首里城はあったのか？

なかったのである。調べてみると、お城が築かれたのは、それから約一五〇年後の十四世紀半ば頃なのであった。

つまり、尊敦は、「無い城」を攻めたことになるわけであり、「したいひゃー（天晴れ、でかした）、羽地！　良くやったね」と、小躍りしたのである。

このことは、何を物語っているのか？

熟考した結果、これは、羽地の深慮遠謀に違いないと……。つまり、築かれてもいない首里城を攻めさせたのは、「為朝に関する記事は、架空の物語ですよ。嘘を織り込んでありいます。それを見つけるのです」と、書いた本人が、友重氏のような指摘を予測していたのである。つまり羽地が、「世鑑を改訂することを心から願っている」ということの「証《あかし》」のひとつであろう。

しかしである。

「どうして、島津ともあろう者が、これを見逃したのか？」である。

世鑑が書かれた十七世紀当時は、首里城が堂々と建っていて、築城した年までは、気が回らなかったのか？　あるいは、「従順な羽地が、よもや裏切ることはあるまい！」などと見くびったのか？

今となっては、後の祭りである。

「本当の琉球の歴史を知るように」と後世に託した羽地の心意気が勝ったのである。おそらく彼は、命がけだったのではないか？　打ち首を覚悟で、もぐりこませたのであろうと思うのであるが、この一事をとっても、快哉《かいさい》を叫ばずにはおれない。

私はこれまで、羽地に対して、「琉薩同祖論」を唱えた「島津の走狗《そうく》ではないか」などと偏見の目で見てきたが、今は、このことを返上しなければならないと思っている。

やはり彼は、王家の末裔としての矜持を抱いた男だったのだ。世鑑の中で、勇気ある記述をしたことは、高く評価されて良いし、後世にとっても目を開かせてくれている。

ところで、私の『中山世鑑を撃て！』の中には、天孫氏を滅ぼしたとされている利勇（誰なのか不明とされている）についても、その正体を明らかにしてある。また、琉球王朝初代の王とされている舜天とは、どんな人物だったのかなど、盛り沢山である。

いささか宣伝めいてしまったが、溢れ出る思いを止めることが出来ずに、記してしまった。この後にご一読いただければ、これに過ぎる喜びはない。

父を想う

内間美智子

私の生涯の職業は学校の先生で、三十八年間有意義に過ごしたと思っている。これには父の影響が大きい。

父は戦前、私が子どもの頃、八重山高等女学校に勤めていた。休日には決まって、女学校のお姉様たちが遊びに来て、やや広いわが家の庭で、バレーボールやブランコ、鉄棒などを楽しんでいた。その時の「センセイ、センセイ」と響く呼び声が何とも心地よかった。先生ってこんなに楽しいんだと思った。その思いが動かぬものとなり私を教師の道へ導いたのである。

半世紀ばかりも前になるが、八重山高等学校の教師をしていた父が夏休みに研修会があって那覇に出て来た際、わが家に宿泊した。

私は胎内に赤ちゃんがおり臨月を迎えていた。銀行員の夫は東京出張中。二歳の息子は実家に預かってもらっており、久し振りに父と二人での夕食でお腹の赤ちゃんの調子などが話題に上っていた。すると突然、陣痛が起きた。二人目出産の私は比較的冷静で、置時計を見ながら陣痛の周期を計っていた。その様子を見た父は慌てふためき食事もそこそこに、

「すぐに病院へ行こう」と言って、タクシーで病院へ連れて行ってくれた。

無事、長女を出産し、父も公務を終え、安心して石垣へ帰った。そして、母と祖母をはじめ家族への自慢話だ。妊産婦を病院へ運んで待機していただけなのに、

「美智子の赤ちゃんは私が産ませたんだ」

と大口を叩いて得意満面だったという。

看護婦（現在は看護師）さんのささやきによると、実際は病院の廊下を行ったり来たりで狼狽この上ない姿であったようだ。産室に入ってくる勇気もないおじいちゃんだったのに。それを察している母は、

「よかったですね。ご苦労様でした。ところで、いつからあなたは産婆さんになったのですか」と皮肉ったが、自慢話は止まらなかった。

「ちょうど満月でね、月の光を窓越しに受けて、お月様にも祝福された母子だったよ」

と、まともな話に落ち着く。

赤ん坊が少女に成長した頃、その話をしてやると、

「それで私の顔は、まんまるなんだ。それにしても天真爛漫なおじいちゃんだったこと」

と、記憶に薄い祖父に親近感をもったようだった。この子が感じたように、天真爛漫がぴったりの父だった。


私たちが幼い頃は、読み物もあまり手に入らない時代だった。両親は交代で、御伽噺《おとぎばなし》や童話・物語を語り聴かせてくれた。父は大げさに身振り手振りを入れての語りであった。それを見ていた母は、

「まあ！　役者気取りで」

と、冷やかしていたものだ。

ある日の父は、古い絵本を広げて見せた。見開きいっぱいの景。遠くに富士山が見える白黒の挿絵だが、雪を被った富士山が朝陽を受けて神々しく美しい。その富士を宮本武蔵が幼いお供の伊織と一緒に眺めている。

武蔵になり代わった父が言う。背筋を伸ばし、富士山に手を差し伸べながら、

「あの富士をごらん。富士は何も語らないが、眺める人が美しいと感じ入る」

武蔵がお供の伊織に語る真意が私たちにも伝わり、年老いた今でも、事あるごとに思い起こす場面である。父もきっと、「謙譲の美徳」を伝えたかったに違いない。

また、父は家族の夕食後団欒でいつも面白い話をしてくれた。

「昭和八年に大きな台風が八重山を襲った。お父ちゃんは石垣小学校に勤めていて、若くて独身であったから一人宿直を命じられた」

昭和六年沖縄師範学校を卒業したわけだから、それこそ若く頼り甲斐のある青年教師であったわけだ。

「夜中に風速八十メートルくらいになった時、宿直室から運動場を看視していたらね、ゴミや小石に混ざって、鉄棒も三台地面から抜けて飛ばされてね、ウーウーと運動場の上を飛び回っていたよ」

という。弟が、

「いくら強い台風でも、鉄棒が飛行機のようにウーウー鳴って飛べるかなあ」

と言うと、

「ワッハッハッハー、大袈裟だったかなあ。でも、そのくらい恐ろしい中、独りで学校を守ったんだよ」と、豪快な笑いの中で話を締めたのだった。

五人きょうだいの輪を最初に外れてお嫁に出たのは長女の私。末の妹はまだ小学生だったが、披露宴を終えて帰宅した家族の、とりわけ父の様子をこのように語る。

披露宴の余興で、きょうだいが歌った「花かげ」を繰り返し歌わせ、自分は縁側の籐椅子に腰を落とし、「よかった、よかった」と頷きながら独り言のように呟いていたと。心の中には、長女を嫁がせた安堵感と淋しさが押し寄せていたのだろう。

娘を嫁がせた父親の姿は、ドラマや映画でよく見る。遠い昔に見た忘れられない映画の場面がある。小津安二郎監督の「晩春」だ。父親に扮する笠《りゅう》智《ち》衆《しゅう》が、娘を嫁がせた晩、薄暗い部屋で独り、ゆっくり、りんごの皮を不器用な手つきで剝いている姿だ。それに父が重なる。

切なくも清々しい「花かげ」のメロディーが、きれいな重唱となって、今も私の頭の中を静かに流れている。

卒後経過報告
――心臓から心へ――

大宜見義夫

本稿は名大医学部卒後六十周年記念誌への投稿原稿をもとに若干の加筆や修正を加えて書き上げたものである。

一九六四年医学部卒業と同時に北海道にわたり、同期仲間との交流を絶ってしまったことから、卒後の自分を伝える意図で本稿を書き上げた。医師向けの原稿のため、難解な専門用語が頻出すること、また、これまで沖縄エッセイスト・クラブに掲載した原稿と重複する部分があることについてご容赦願いたい。

その一　心臓のオオギミ

同期の皆様、いかがお過ごしでしょうか……。
私も今年（二〇二四年）、八十五歳を迎えるに至りました。
名大卒業後は名古屋を離れ、インターン研修を北海道の帯広厚生病院で済ませ、ほぼ十四年間北海道で過ごしたため、名古屋の学友とは田近徹也君、折茂謙一君、大下節男君、それに故人となった金井明君らと年賀状を取り交わすだけとなっておりました。

インターン研修後は北大小児科に入局し、先天性心疾患を有する症例を対象に心臓カテーテル検査（後述）で調査・研究する心臓班と称する研究グループに属しました。入局当初は無給医だったため、生活費を稼ぐため週一回地方の病院へ出張診療し、その謝金で細々と生活を維持しておりました。電車賃を惜しみ、北大病院からアパートまでの二キロ半を毎日駆け足で通っていました。ある晩遅く、風呂敷包みの資料を脇に息を切らして帰宅を急いでいると、パトカーで巡回中の警察官から泥棒と疑われ「何で走っている？」としつこく職務質問を受けたこともありました。

北大出身ではないため入局同期の仲間以外知人・友人・先輩らがおらず、ややもすると浮いた存在となりました。そんなわけで医局内での存在感を高めるためには、論文を書きまくるしかないと考え、ハードな勤務の中、三ヶ月に一本の割合で論文を書きました。

書き上げた論文の中に「北海道における児童生徒の心疾患の疫学調査」「心室中隔欠損症の自然閉鎖――その頻度と手術適応に関する研究」というのがありました。二つの原稿とも、一九六八年から二年半ほどかけて厚生省の資金援助のもとに北海道の小中学生七万人余を対象にアンケート調査を行い、校医健診、専門医の診察などを経て得られた心疾患の疫学調査をまとめたものでした。

その結果、北海道における心室中隔欠損症（註：心臓の左心室と右心室の間にある壁に生まれつき穴が空き、血液が逆流する病態）の手術施行率が六二％（六十八例中四十二例）と異様に高率であることがわかりました。

当時すでに、心室中隔欠損症は自然閉鎖の可能性が高いことが知られておりました。その時期の北大病院心臓外科における心室中隔欠損症の手術施行率の十倍以上の高い手術施行率であることに驚きました。当時の北海道では心臓手術は北大と札幌医大でしか行われなかったため、札幌医大における心臓外科の在り方に疑問を抱きました。当時、医大心臓外科の和田教授は積極的に弁置換術を行い、〝ワダ弁〟の名でも知られる高名な心臓外科医でした。

一九六八年八月札幌医大胸部外科で日本初の心臓移植が行われました。当初、日本初の心臓移植の快挙とされ、マスコミの注目を浴びました。その結果、胸部外科の人気が高まり、北大小児科心臓班の患者さんが一時途絶えたこともありました。

しかし心臓手術を受けた男子高校生が三ヶ月後に死亡した頃から、風向きが変わり、臓器提供をしたドナーの青年の死の判定や手術の妥当性が問題となり、心臓移植への批判が高まりました。そんな中、心室中隔欠損症における異様に高い手術施行立率への疑問が拭えず、その調査報告を小児科学会北海道地方会と日本循環器学会北海道地方会で発表してよいかと山田尚達教授にお伺いを立てたところ「発表してよろしい」との了解を頂きました。腹を決め、日本循環器学会北海道地方会で発表したところ、案の定、相手側から激しい野次や怒号が飛び、会場が騒然となったのを覚えております。その頃だったか、札幌医大整形外科の講師をしていた渡辺淳一が「小説　心臓移植」を「オール讀物」誌上に発表し、医局を去り、作家活動を始めたように思います。

発表した研究論文は、「北海道における児童生徒の心疾患の疫学調査」のタイトルで一九七一年の「小児科診療」に、一九七二年には「心臓」という専門誌に「心室中隔欠損の自然閉鎖――その頻度と手術適応に関する研究――」というタイトルで投稿しました。この論文に対する相手側からの反論や批判はありませんでした。

ところで、当時の心臓カテーテル検査は幼児・学童の右鼠径部を切開し大腿静脈にカテーテルを心臓に向けて挿入しX線透視下で心臓内部の圧や血管造影を行う検査法でした。術者はX線被曝防止の分厚い防具を身につけてはいたものの、腕は剝き出しだったため、検査終了後、被爆した右腕だけが妙にだるくなり、将来右腕に放射線障害による癌などの悪性腫瘍が出はしまいかと不安になりました。当時は一九五〇年代に繰り返されたビキニ環礁での核実験で被爆したマグロ漁船第五福竜丸の乗員やビキニの住民らに癌や白血病などを発症させる可能性について、マスコミで盛んに報じられていたためです。

結果的に核実験による放射能被害とレントゲン検査という医療放射線被曝との混同に由来する不安でしたが、当時は本気で心配したものです。

そんな頃でした。心臓カテーテル検査の最中に、放射線技師から三島由紀夫が割腹自殺したという衝撃的知らせを受けた日のことを今でも鮮明に覚えています。当時、大学病院に入院している子どもたちのベッドの上には人気漫画の「巨人の星」や「あしたのジョー」などの漫画本が散らばっており、医局員全員が参加する教授総回診の時にはゾロゾロと後ろにつきながらパラッとめくり立ち読みしたものです。

その二　旅への挑戦

一九七二年は波乱の年となりました。この年の五月十五日は沖縄の本土復帰という喜ばしい年なのでありますが、沖縄の実家の母が頼みもしないのに息子の開業資金になればと、儲け話に乗せられ九百万円の借金を抱えてしまったのです。当時の九百万円は今なら数千万円に相当する高額です。私は実家に戻り、借金の返済を覚悟しました。当時の助手の給料は十七万円前後でしたからとても返せる額ではないため、那覇の家と土地を五百万円で売り払い、残り四百万円の借金返済のために大学を去り、出張先であった網走と北見の間にある美幌町立病院といういい待遇のいい病院で勤務することになりました。

多額な借金を背負ったとはいえ、多忙な日から解放され、北海道の雄大な自然の中で牧歌的な田園生活に浸るうちに心境の変化が起きました。これまで封印していた夢やロマンが一挙に息を吹き返したのです。勤務して一ヶ月半経った頃〝沖縄の本土復帰で国際免許が取れる！〟ということに気づいたのです。以前から漠然と抱いていたバイクによる大陸横断の夢が蘇りました。妻に計画を伝え理解を乞うも、ハッキリした応答を得ぬまま走り出しました。訓練用の中古バイクを購入し朝な夕な走行練習に入りました。

広大な北海道の原野を走りながらユーラシア大陸を走る姿を思い浮かべては身震いしたものです。

バイクによる大陸横断計画は勤務先のある町議会でも問題となったらしく、議員から「万一のことが起きたらどうするのだ!!」と詰問され、町長は「先生は世界の医療事情の視察のために出かけるものでありまして……」としどろもどろに応答したことを、旅行を終えた後、町長本人から聞きました。

一九七四年四月インドのデリー空港で、空輸したバイクを受け取り、パキスタンに向かって走りました。旅の初日、走り続けること数時間、土地の人に自分の現在地を聞くと、パキスタンどころか逆方向の東パキスタン（今のバングラデッシュ）に向かっていました。土地勘のなさにあきれ、朝は朝日を背にして走り午後は夕日に向かって走るように心がけました。

旅先での妻とのやりとりは、各国の首都（アフガニスタンのカブール、イランのテヘラン、トルコのインスタンブール、オーストリアのウィーン、スイスのジュネーブ）などにある日本航空代理店を利用しました。各国の首都から妻宛に目薬や軟膏・湿布薬・胃薬・抗菌剤・痔の薬など必要なものを記載した手紙を送り、返信の宛先として次の到着予定地の首都を指定し、そこにある日航代理店宛てに「気付」を入れて投函させ、私が到着次第手紙や荷物を受け取る仕組みにしました。二、三週間のタイムラグはあるものの手紙のやりとりができ、旅の情報は妻から母にも伝えることができました。

オーストリアから北イタリア、南仏を経てスペインのピレネー山脈を越えてマドリードに入り、そこでUターンして再びフランスのボルドーを経てスイスのジュネーブに向かいました。ジュネーブに向かうのには訳がありました。北大時代の大先輩梶井正先生がジュネーブ大学の胎生学・細胞遺伝学の教授として赴任しておられたからでした。梶井先生は染色体異常の大家としても知られ、妊婦が眠剤サリドマイドを服用したことで、四肢障害をきたすケースを日本で初めて報告し、センセーショナルな反響を呼んだ学者でした（いわゆるサリドマイド薬害事件）。

北大時代、梶井先生とは専門専攻分野は違うものの可愛がられ札幌市内のプールによく誘われました。当時学生運動がピークを迎え学生同士の内ゲバ（註：路線対立によるノンセクトラジカル同士の暴力的衝突・ゲバはドイツ語ゲバルト＝暴力の略）が頻発した時期でした。暴動の気配があると、野次馬となって現場へ駆けつける仲間の一人に梶井正先生がおられました。私はそういう物見高い医局三人衆をノンセクトヤジカルと称していましたが梶井先生もその中のお一人なのでした。

新米医師の頃、病理学教室と連携し、原稿用紙十数枚に及ぶ長編の論文を書き上げました。その原稿を梶井先生にご校閲を願ったところ、先生は、原稿をバッサバッサと削除し、図表を駆使し、結果的に論文は原稿用紙四、五枚におさまりました。論文の書き方の基本を梶井先生からこの時教わりました。

バイクによる大陸横断を思いついた時、スイス在任中の梶井先生にユーラシア大陸の道路地図をお願いしたところ、たちどころにミシュラン製アジアハイウェイの道路地図を送って頂き、それを頼りに旅を続けることができました。そんな事情からジュネーブで梶井先生にお会いすることは必須のコースとなっておりました。

フランスからジュネーブに向かう山岳地帯でバイクの荷台に貼り付けた日の丸を見つけたのか、五人の男を乗せた緑色の屋根なしワゴン車がそばに近づき、「日本人か、我々は韓国人だ。一緒に食事しないか」などと呼びかけてきました。断りを入れても三回ほど追いついてきてはしつこく誘ってきました。その日は梶井先生にお会いする予定だったため、きっぱりと断ることができたものの、今になって考えると、あれは北朝鮮の拉致実行団ではなかったか……。横田めぐみさんが拉致されたのは三年後の一九七七年でした。

ジュネーブの日本航空代理店を探し当てると、妻からの返事と共に小学二年になったばかりの娘からの手紙が届いていました。「おとうさん、ぶじかえってください」というたどたどしい文面に胸が熱くなりました。こんな旅をする身勝手な父親であることへ申し訳なさと曲がりなりにも自分の気持ちを伝えられるようになった娘への感動とがぶつかり合い、こみ上げるものがありました。

代理店前のベンチに腰を下ろし、一時間ほど放心状態で過ごし、気を取り直し梶井先生宅へ電話したところ、ご夫妻で迎えに来てくださいました。ご自宅で頂いた奥様手作りの日本料理が実においしく、あのときの味噌汁とご飯の味は、今でも忘れられません。イスタンブールで梶井先生宛に出した時のハガキにはヨーロッパの行程を大雑把にお伝えしただけだったため、奥様の方はいつ到着するのかわからずハラハラし通しだったようで、ニュースや新聞で日本人の事故者は出てはいまいかと目を皿のようにしていらしたようでした。まことに申し訳なく思っています。

翌日、梶井先生は私をプールに誘ってくれました。疲労困憊していたので終日休ませてもらいたかったのですが、北大時代の楽しい時を思い出したのか、プールに誘ってくれたのでした。スイスのプールは水深二メートルと異様に深く、プールの手すりにただしがみつくばかりでした。

ジュネーブに向かったその一日は、北朝鮮の拉致団とおぼしき人物からの誘い、娘からの便り、梶井先生奥さま手作りの味噌汁を味わうという、思い出深い一日でした。

敬愛する梶井正先生（山口大学名誉教授）は二〇一六年二月一日、八十五歳で不帰の客となられました。ご冥福を祈るばかりです。

一九七九年、バイクの旅を終えて五年後、故郷の沖縄に戻りました。沖縄でもバイクは手放せませんでした。六十九歳の時はハーレーを愛する老ライダー三人でニューヨークからロサンゼルスまでの六千キロを二週間かけて横断しました。七十歳の時は愛車ハーレーを北海道に運び込み、道内を周遊、かつて勤めていた美幌町の元病院職員らと三十年ぶりに再会を果たしました。

その三　心のオオギミ

シルクロードの旅を終え沖縄に戻ってから、診療面の専門分野がガラリと変わりました。不登校や心身症など心のケアに焦点が移ったのです。「心臓」から「心」への方向転換です。その理由を強いていえば、人の無意識の言動からその人の心情・心境を一瞬で読み解く心理技法に長けていることに気づいたからです。北海道では「心臓（班）のギミさん」と呼ばれていましたので、北海道から沖縄観光にきた心臓班の元同僚に「ここでは心のオオギミと呼ばれている」と伝えるとびっくりしていました。

最後に、サイン読み取り法で読み解く具体例を紹介します。

【症例一　寝つけない二歳女児】

二歳の女の子を連れて相談にきた母親の悩みは夜遅くまで起きてなかなか寝てくれないというケース。母親は職場から六時に保育園で子を出迎え、急いで夕食、入浴を済ませ寝かそうとしても甘えるばかりでて寝てくれないという相談でした。キーワードとなるサインは「母多忙」、「甘えたがる女児」、「寝不足で寝ぼけまなこの娘を抱えての登園」「園での長時間の昼寝」という事実でした。これら事実から、甘えたくても甘えられない子の葛藤が本態ととらえ、帰宅した母親に、存分に甘えを受け入れ、本人ペースで夕食や入浴を済ませ、添い寝をし、寝入った後から家事をやるように勧め、園では午睡時間を長くしないようにしたことで改善をみました。

【症例二　しかめっ面の癖を繰り返す小学生】

小学二年の女児。しかめっ面をして口を大きく開き、溺れてアップアップするような表情を一瞬見せながら、むせるような咳をする子が受診しました。この奇妙な仕草の咳は一ヶ月前から続いていると言います。

このケースにおける謎解きのヒントは、咳をするときに一瞬見せる顔の表情が溺れてアップアップした時の顔の表情に似ていたことでした。いろいろ聞き出したところ、友達に誘われスイミングスクールに参加したものの水泳が得意でなく止めたいのに、スパルタ型の父が水泳コーチをしていたことから、止めたいと言えずムリして通っている内に発症したように思えました。この奇妙な癖の原因が止めたいのに止められない葛藤にあると両親に伝えたところ、この癖は即座に消失しました。

子どもは、自分の内面の葛藤や思いを言葉で表現できない分、仕草や症状という形で表現します。葛藤やストレスが関与する心身の症状を心身症と言いますが、表現力の乏しい子どもは、つらさやストレスを頭痛や腹痛などの形で表現する場合が多いわけです。子どもたちが見せる様々な言動や症状を内面の葛藤ととらえ、それをサインとして読み取り、解決の糸口を見出す治療技法を私はサインの読み取り法と称しています。

現在、発達障害のケースを中心に週二回外来診療を続けています。好天の日は一二〇ccのバイクで出勤しています。でも、昨今、もの忘れが目立つようになり、薬の名や量もおぼつかなくなってきました。患者さんの名前や薬の量もうろ覚えになったりします。診療が成り立つ理由は電子カルテのおかげです。電子カルテの画面と向き合うことで、記憶が瞬時によみがえり、発想や対応力で何とかこなしています。でも、そろそろ限界のようなので、近い内にリタイアを考えております。

幼年期の忘れ難きことども

大城盛光

戦勝ムードに子どもたちも浮き立つ

初等学校二年にしてすでにヘイタイさんへの羨望、いや願望が芽生えつつあったようだ。先輩の後に付いて意味も分からない軍歌等を放歌したりしていた。

次は進軍ラッパの曲に合わせるように野放図に歌った歌である。

〽わったーおとうやー　馬ぬ糞ひーりーやー　やーしがよー　上等兵なとんどー

（私のおやじは　〈昔は〉馬の糞拾いだったけど　〈今では〉上等兵になっているよ）

人家の小路小《スウジグワー》を通りながら大声で歌い、我が家へ急いだものである。

あるときには、女の子たちが細い声で歌っている歌があった。

〽デテコイ　ニミッツ、マッカーサー　出てくりゃー　地獄　逆落とし

なんとも激烈な歌である。女の子の口に上るのは、昭和十六、十七年の戦勝続きの時代があったからであろう。男の子たちは、

〽デテコイ　ニミッツ　ヒジャーミー　出てくりゃ　地獄　逆落とし

マッカーサーを山羊の目、と語呂合わせで声高に歌いまくって山越えをして家へ帰っていくのであった。米国人の目は山羊の目の色合いをしていると認識していたようだ。

学校においては、運動場で上級生たちの分列行進が実施されているのを少年たちはしばしば目にした。木銃を肩にした行進であったが、本物の厳かな銃そのものに見えていた。先輩たちの機敏な動作に羨望を覚えたものである。その上級生たちの中に同郷の、海軍志願の先輩も見えて行進そのものに心を引き付けられていくのであった。

また、上級生が手信号の練習をてきぱきとこなし、単純なサインを送るのにとどまらず、手信号で会話のやり取りをしているのに、びっくりしていた。けれども、上級生たちのやることに羨望をすることばかりではなかった。いとわしく感じることもあった。四年生が「チンオモウニ（教育勅語）」を暗唱するのに大層手間取っているのを見て、これだけは疎ましく思うこともあった。とは言え、中には、「チンオモウニ　ワガコウソコウソ　クニヲハジムルコト　コウエンニ……ギョメイギョジ」まで暗唱するのもいて、スゴイ、エライナ、と羨望を覚えるときもあった。

余談になるが、筆者のパートナーのサイは、二年生のときに四年生の姉の側で「ギョメイギョジ」の最後まで意味《イミン》も故事《クジン》も分らずながら覚えてしまって、学校で担任の平良梅子先生に「あなたは四年生に飛び級できるネ」とほめられたそうである。サイは卒寿に届いた今も「チンオモウニヲ　トナエテミヨ」とうながすと、小声で最後の「ギョメイギョジ」まで小川の水が流れるようにぼそぼそと吐き出すのである。リズミックのようでもある。唱えている途中に声を掛けると、また初めからやり直すのである。意味のないこととは言え、記憶の力に感服。ちなみに梅子先生とは、平良幸市教頭（戦後、沖縄県知事を務めた方）の奥方であった。戦争前は夫婦で同一校に勤務できたようだ。

　紀元二千六百年祭を始め、大戦の祝勝の際にしばしば提灯行列をなして中城城跡の隣にある記念運動場に集い、二十三の字《あざ》の人たちが勝鬨《かちどき》をあげていた。子供たちまで浮き足立って提灯行列についていき、千余の大人たちと共に戦勝ムードに浸っていた。

　徴兵検査に合格し、赤札《あかふだ》が来てもそれを忌避したい思いはなく、お国のため、天皇陛下の御ために行くのだという気概をもって出征するようであった。ただ、この集落では昭和の初めごろまでは徴兵検査を忌避したい思いがあったようである。ある青年は、前歯を圧し折って検査に臨んだが、甲種合格になってしまっていたという話もあった。その青年は出征し、兵役を終えて帰って来たときには、前歯を金歯にして意気揚揚と帰郷していたとの逸話も伝わっていた。そういう話にも胸をわくわくしながら聞いていた。

戦雲漂う

召集が発令された家族は、中城城跡にある日露戦役の戦没者の顕彰碑に武運を祈ったり、普天間の天満宮を参拝したりしていた。また千人針と云う布地を持たせて出征させていた。さらし木綿にマッチの軸等で千の赤色の印を作り、多くの女性にその印に沿って、針に赤糸を五、六回巻き付け、その針を引き抜き、赤い玉結びを集落の多くの女性にお願いして準備をした。父や夫、兄弟を戦場へ送り出す女性には言い知れぬ不安があり、のがれがたき地獄の戦場から生きて帰って来てほしい、ハーイヌミーカラ　フクィティクー（針の穴からくぐって帰ってきて）というけなげな玉結びであったようだ。特に干支《えと》の寅《とら》年生まれの女性には歳の数だけ玉結びをさせていた。筆者の母は、寅年生まれ（大正三年）であったので、遠方からも訪ねてきて糸の玉を結ばせていた。後で知ったことであるが、「虎は千里行って千里還る」という中国の諺から縁起の良いものとされたようだ。

なお、日本全国で奨励されていた千人針であるが、中国大陸の奥地まで進駐したことのある復員兵三人（従兄弟二人と隣人）からの聞き取りによると、千人針の布地を身に着けて出征しているのは沖縄からの兵士が多かったというのである。沖縄においては強く奨励されたのであろうか、あるいは沖縄のオナリ神信仰と結び付けられていたのであろうか。

昭和十九年になると、台湾から沖縄に移動してきた石部隊の一分隊は倶楽部（今の公民館）に駐屯し、上級将校の数人は、大きな人家の上座に宿泊していた。少年に奇妙に思われたのは、人家を利用している将校に世話をする女性がついていることであった。将校のいる人家には近寄るな、と釘を刺されていたのに、子どもたちには興味津々であった。女性はかつて那覇の遊郭にいた尾類《ジュリ》（遊女）であるとの話が伝わっていた。

住民からはこの部隊に芋や野菜類の供出が積極的に行われていた。住民は兵士に対しては常に畏敬の念をもって接していた。児童生徒も「ニホンノ　ヘイタイサン、ヘイタイサン」などと最大の敬意で呼んでいた。

この石部隊は倶楽部の南側に突き出た尾根に横穴を掘って陸軍病院を造っていた。尾根の東西から並行して二つの穴を掘削し、中で二つの横穴を連結する穴を掘っていた。今日であれば、H型である。東西からの穴の貫通した時には祝賀会を開催していた。当集落からも祝いの出し物（七月エイサー）を出して祝っていた。

駐屯する兵士たちが、早朝、県道で行軍訓練をし、昼は先述の病院壕を掘り、時には三百メートル先に標的を設置して小銃の射撃訓練をしているのを見ては、「ニホンノヘイタイサンハ　スゴイ」と頼もしく思ったものである。

ところが、この石部隊はこの陸軍病院の完成を待たず他所へ行ってしまった。その後に山部隊がやってきて、その病院壕の掘削を続けていたが、空襲が激しくなり米軍の上陸が近づくと、その山部隊もどこかへ移動してしまった。壕は未完のままだったために住民が防空壕として利用することはなく、その壕は現在もかつてのまま残されている。

学校においては、青年学校も開校されて、しきりに軍事教練が実施されていた。しかもその教練の指導者（退役軍人。伍長）が近しい親戚の方であったので、少年は誇らしく、また緊張して指揮者を眺めていた。

校長先生の訓話は、大舛大尉の偉勲を讃え、大舛大尉に続け、の合言葉がしばしば発せられ、あるときなどは、ガダルカナル島で壮烈に戦死した本村《ほんそん》の熱田《あつた》出身である安里大尉の「撃ちてし止まむ」の忠烈に続け、と話し、少年たちの魂を奮い立たせていた。

迫りくる戦の気配

国民学校の校舎が日本軍隊の駐屯所になったことや、十月十日の眼前の米軍の空襲、その直後の被災者たちの北部への避難行の情景を目にして、戦はすぐそこまで近づいているのを覚えた。

八月になって喜舎場国民学校は、第六十二師団賀谷大隊本部になり、授業ができなくなった。喜舎場、熱田、島袋、安谷屋などに分教場が置かれ、私たちの屋宜原は、比嘉、島袋の倶楽部や大きい人家、畜舎で学年によっては複式授業が行われていた。

筆者などは馬小屋教室であった。馬糞の生臭さの残る教室での授業であった。先生が足りなかったのであろうか、女学校の学生も来て教えていた。広場もなく学級担任の先生もおられなくて、締りのない日々の仮学校であった。児童生徒にとっては、厳しい学校生活からどことなく解き放された雰囲気もあったように思う。しかし、先生方からは、「ガマン、ガマン、勝つまでは。今に学校に戻れます。ガマン、ガマン」の発破の声かけであった。

十月十日は快晴であった。早朝、高台から見る那覇方面の空に編隊を組んだ飛行機が空いっぱいに広がっていた。飛ぶ飛行機の後ろ毎にポッと薄白い煙が立つので、てっきり防空演習に見えた。これまでに見たこともない機影の数に先ずびっくり、こんなにも多くの飛行機が日本にはあるのだ、と頼もしい思いで眺めていた。ところがである。しばらく経って、中城城跡にある役場に設置してあるサイレンがひっきりなしにふた山越えて筆者の集落まで鳴り響き、空襲であることを伝えてきたのであった。米軍機がこの地に飛んでくるのではなかったが、家族はにわか作りの防空壕に入り身を寄せ合っていた。那覇方面の空は、時が経つに連れて爆弾投下のせいであろう、黒い煙のようなもので覆いつくされていた。翌日の昼ごろから那覇の被爆した人々の悲惨な姿を目にして戦争のもたらす恐ろしさを目の当たりにしたのであった。

空襲で被災して避難する人々の群れが北部を目指し、次から次へ私たちの目の前の県道を黙々と移動していく姿はまったく想像も出来ないことであった。重そうな荷を背負った人もおれば、天秤棒で荷物を担ぎ、ある人は目いっぱい肩に荷物を担ぎ、ある女性は頭に荷物を載せ、子どもたちを引き連れていたり、さまざまな道具類を持っていたり、いろいろな出で立ちで移動していく難民であった。

ところ構わず爆弾が次から次へ落ち、残った家も延焼し、小さな防空壕ではとても助かり様もなく逃げ惑いなんとか生き伸びることができた、と話し、到底住める街ではなくなった、山原《やんばる》を目指している、と語るのであった。

県道に沿っている家は、道を行く被災者たちにふかしたての芋や蓄えの黒糖を出してあげたりしていた。おにぎりなど到底準備できなかった。この村の日常の生活は芋が中心であった。かつては豊富にあった黒糖もどの家も底をついていた。若者は軍隊に召集され、壮年の大人も防衛隊に徴発されて製糖もとうに絶えていた。

被災した難民の群れの移動は数日も続いた。

十月十日の後、空襲は減っていたが、時々B29が飛行機雲を作りながら飛来していた。

米軍上陸前にアメリカーに出会う

翌年の三月二十三日、この片田舎にも米軍の戦闘機が八方から飛び交いどこを目標に空爆しているのか、近く遠くで爆発音が響いていた。急降下して爆撃をして来たりするときもあった。連日である。しかも日を追うに連れて低空飛行《ジートウビ》での弾投下をし、また機銃での連射を行うので、昼は到底防空壕から出ることができなかった。低空飛行の攻撃は日を経るに連れてひどくなり、操縦士の顔も見えるのではないかと思われるほどの低さから射撃をするので、身をひそめて壕に身をこごめていた。不思議に午後四時頃になると、飛来はぴしゃりと止まった。住民は壕からはい出て畑に芋などを採り入れに出掛けるのであった。米軍の上陸する四月一日の数日前、三月二十七日か、二十八日であった記憶である。畑からの帰りに橋の上で北の丘陵台地の方から日本の兵隊二人に捕虜になって連れられて来る米兵に出会ったのである。

休んでいる日本兵たちのところに畑帰りの住民が寄ってきた。その日の午前、米軍の戦闘機を撃墜し、脱出した米兵を捕まえたという。その操縦士がこのアメリカ人だというのであった。はじめて見るミンダシムン（めずらしいもの）のアメリカーであった。童顔で赤ら顔の若い青年操縦士であった。両手は八番線ほどの針金で縛られている。逃げようにも到底逃げおおせない太い鉄線と思われた。日頃は、鬼畜米英と云い慣わされたアメリカーは、ヒージャーミー（山羊の目）と教えられていたので、恐るおそるその捕虜を遠巻きにして見るのであったが、次第に近くに寄ってその目をのぞくと、幼い時から育てていた可愛い山羊の目そっくりのくるりとしたヒージャーミーであるのに仰天。澄んだブルーの瞳である。敵対する米兵の瞳を、いいようもなく複雑な思いで見つめていた覚えがある。背丈が傍に立つ日本兵とほぼ同じ、姿も若々しい青年の残像である。なかでも青い瞳が衝撃的な印象として残っている。ややあって日本兵たちは、米兵を急き立てるようにして腰の縄を曳いてひと山向うの喜舍場国民学校の大隊本部隊に向かっていった。

大隊本部は三月末に中城村の新垣方面に移動したとのことであった。米軍上陸から三カ月、本部隊は激戦の中を転戦に転戦であったと思われるが、あの青年操縦士がその後どのように扱われたのか、思い出す度に気が滅入る。

戦後、アングロサクソン系のアメリカ人に出会い、その青い瞳を見たとき、戦中に出会ったうら若い操縦士の姿がせり上がって来て、どうしようもなかった。

青い目といえば、思い出すのは昭和の初めごろ、アメリカから日本の多くの初等学校等に贈られたという「青い目の人形」である。贈られたお礼に野口雨情が「青い目の人形」の童謡を作り、大層な反響を呼んだと云われている。戦時に敵対心を持って見た飛行士の瞳に新鮮な驚きを覚えたほどだから、日本の多くの子どもたちが平時に西洋人のセルロイドの、異質な色合いの人形の目に心打たれたであろうことが想像された。

戦後、高等学校で世界史の授業で「ハーグ陸戦条約」（日本も批准）の戦中における捕虜の取り扱いで、捕虜の虐待の禁止事項を知り、また「戦場にかける橋」、「戦場のメリークリスマス」等の映画を観るに及んで、幼き日に出会った日本陸軍兵の捕虜になった青い目の操縦士が激しい戦闘に巻き込まれていく日本軍にどう処置されたか、それは知りようのないこととはいえ、連想の波は重苦しくマイナス面に広がっていく。

現在、イスラエルとガザ地区の戦で両方が多くの捕虜を抱え、停戦交渉に利用しようとして戦況に応じて捕虜を転々と移動させているようであるが、捕虜の扱いをどのようにしているのか、気になって落ち着かないでいる。

老人、鏡を見る

我那覇　明

奥武山公園の空を赤く染め、那覇空港方面に落ちて行く夕陽を眺めながら、缶ビールを一本飲む。次に泡盛をグラスで二、三杯。私の日課であり、至福の時でもある。

ゆいレール壺川駅まで徒歩十五分のマンションに暮らして二十年。人生の四分の一をここで過ごした計算になる。壺川は公園など緑地が多く、水量豊かな国場川が流れ、市街地の喧騒から離れている。老後を送るのに適した場所だと思ってこの地を選んだ。自然に囲まれた小島で育ったせいか、緑や水がないと落ち着かない。数年前までは自転車で近くの漫湖公園に行き、季節の花々を観賞したりしていたが、膝が悪くなり、行かなくなった。

「四十にして惑わず」と言う孔子の言葉から、四十歳のことを「不惑」と呼ぶ。それでは四十歳の倍、八十歳の人は全く惑わなくなるのか。私の場合、身体の衰えも含め、悩みは尽きない。ただ、悩みをすぐに忘れてしまう技術を体得しているのが強みである。いま悩んでいたのは何だったのか、思い出せなくなることがある。

先日、何気なく鏡に映った自分の顔を見ると、左右の頬骨のあたりに直径一センチくらいの黒っぽい斑点があるのが目についた。ひげを剃る時、何かあるなとは思っていたが、これまであまり気にならなかった。スマホによると、シミの一種で老人性色素斑というのがあるらしい。もう少し早く、シミが小さいうちに気づいていたら手当ができたかも知れない。自分の顔をじっくり観察する習慣がなかったようだ。しかし、何故、斑点は左右対称なのか。八十二歳の男の結論は、「神様のお墨付き」である。左側はゼロ歳から四十歳まで、右は四十歳から八十二歳まで、「よく頑張った」という印に違いない。年を取ると、自分に都合のいいように考える習慣が身についてくる。

斑点から顔全体にズームアウト、長年世話になってきた自分の顔をチラッと見る。昔と比べると、型崩れはあるが、南島特有の濃い顔は原形を保っている。ヤマトの風や雪を四十年近く受けたが、南島の風貌は風化していない。半分白くなっている眉毛はサンゴ礁に打ち寄せる白波を連想させる。

自分は「南島の人」であるという意識が、八十年の人生を支えてきたように思える。南の広大な海に点々と連なる島々、そこには太古から自然と祖先を崇める人々の営みがあった。

沖縄が日本に復帰した年（一九七二年）に書いた日誌が出てきた。半世紀以上前の記録である。当時私は二十九歳。全国ネットの放送局に就職して、初任地大分で六年間、番組制作の仕事をしていた。

日本復帰の二か月後、東京への転勤を命じられた。

一九七二（昭和四十七）年は、「浅間山荘事件」「沖縄の日本復帰」「田中内閣誕生」「日中国交回復」と大きなニュースが続いた年であるが、私の「個人史」にとっても節目の年であった。

二十九歳の男は、東京行きの電車に乗った時の自分の姿を俯瞰気味に描写している。いま読むと、赤面してしまう日誌だが、期待と不安相半ばで精いっぱい突っ張っている若い自分に会えたような懐かしさも覚える。

《沖縄が晴れて日本の一員となった一九七二年の夏、二重瞼の濃い顔の青年が、大分発東京行きの特急列車に乗っていた。身長は一六五センチくらい、中肉だが、筋肉質ではない。青年は通り過ぎる窓外の景色を食い入るように眺めては、時々、深いため息をついている。白い半袖シャツのボタンがひとつ取れかかっているのが気になるが、もっと気になるのが、腕いっぱいに生えている剛毛である。

よく見ると、手の甲、指の関節あたりまで伸びている。縄文の名残をとどめる男とでも言おうか、洗練と言う言葉からはほど遠いが、逆に、さわやかな野趣を漂わせ、不思議な存在感がある。一見、朴訥な田舎の青年風だが、前髪の垂らし方、時折見せる敏捷な目の動きからすると、案外、自意識過剰な油断ならない男かも知れない》

そうか、五十年前は垂らすような前髪があったのだ。確かに前髪はあったと記憶しているが、どんな前髪だったがイメージが湧いてこない。縄文人に前髪は似合うのか。当時のアルバムを見ればすぐ分かるだろうが、ここ数年アルバムを見ていない。自分のアルバムに興味がないのか、アルバムを取り出すのが面倒なのか、多分、両方だろう。

「男の顔は履歴書」といったのは昭和の著名な評論家、大宅壮一である。大宅は世相を一言で切る名人と言われていた。「一億総評論家」「恐妻」「虚業家」「太陽族」も大宅の造語である。

若いころの顔は、親がつくってくれたもので、自分の顔とはいえない。活気にあふれた中年者や、たくましく生きぬいてきた老人を見ると、よく使いこなされた家具、調度のように、新品には見られない色つやが出ているような気がする。それは一日、一日の生活が何十年も積みかさなって、生まれてくるのである。

（大隈秀夫『大宅壮一における人間の研究』・山手書房）

二十代の顔、四十代の顔、八十代の顔、人の顔は生きている間に変化を遂げていくのだろう。人生の最後は、色つやが出る顔で終わりたいものだ。

最近、遺影の写真をどうするか気になっている。遺影に写っている本人は、どうせ見ることができないから、どうでもいいと思ったりするが、できれば正面を向いてネクタイなどしていた方がいいように思える。しかし、ここ十年ほど一人で写っている写真がない。カメラ向きのワンショットがないことに気がついた。誰かに頼んでわざわざ撮ってもらうのも気が引ける。模合仲間の記念写真から、自分だけ切り取る方法もあるが、それも面倒である。結局、葬儀屋さんに頼むことになるだろう。「明日できることを今日するな」と粋がっていた頃もあったが、気がついてみると、明日があまりない。「前途少々」である。

自分の顔についてあげつらっている時間がもったいない。

老人は、鏡など見ない方がいいような気がしてきた。

はての島々

城所　望

「八重山にある『はての島』は？」と聞かれたら、「波照間島《はてるま》と与那国島《よなぐに》」と答える人が多いだろう。確かに、波照間島は日本最南端の有人島、与那国島は日本最西端の島であり、いずれも天候次第では渡ることも難しい、まさに「果ての島」と言える。しかし、八重山にはこの二つの島以外にも「はての島」が存在し、日本全国には驚くほどたくさんの「はての島」があることは知られていない。一体それらの島々とはどこなのだろうか？　読み進めていくうちに、きっとその答えが見えてくるはずだ。まずは、私が医師として関わってきた八重山の二つの「はての島」――波照間島と与那国島から見ていこう。

南の果ての島――波照間島

校門を抜けると、そこにはヒージャー（ヤギ）汁の香りが漂っていた。二十五年ほど前、波照間島の小中学校に喫煙防止教育で訪れた時のことだ。聞けば私に同行した講師が大のヒージャー好きだと知った校長先生が、わざわざ朝から鍋の番をしてくださっていたという。なんとも心憎い、お・も・て・な・し。島で「男の料理教室」を開催したこともあった。島の男性陣がワイワイガヤガヤと集まり、島のあちこちに自生している長命草づくしの料理に腕を奮う。〝ジョートー〟にできあがった料理に舌鼓を打ちながら、私の〝健築〟講話に耳を傾けて頂くという画期的な企画は大好評！　島の人々の笑顔と出来上がった料理の美味しさは、今でも忘れられない。

カメが手足を引っ込めたような形のこの島には、講演会や診療所の代診、新型コロナワクチン接種などで十回以上足を運んだ。しかし、何度訪れても、船の欠航率の高さは悩みの種だ。出航しても、途中から船は荒波に揺られ、まるでジェットコースターのような激しい動きをすることも――そんな思いをして青ざめた乗客を出迎えるのは、この島ならではの美しい青、「ハテルマブルー」だ。「果てのうるま（珊瑚礁）」と呼ばれるこの島は、人々を魅了する不思議な魅力にあふれている。ニシ浜ビーチの真っ白な砂浜と深海の青が織りなす美しいグラデーションは、見る者の心を奪う。どのようにこのような絶景が生まれたのだろうか？　はて？

サトウキビ畑を抜け、牧場の牛や道端のヤギに声をかけながら自転車をゆっくり漕いでいくと、遠くに夕焼けが広がり、茜色に染まった空と水平線に沈む太陽は、まるで絵画のようだった。息をのむ美しい夕陽を眺めながら、私は古代の世界にタイムスリップしたような感覚に包まれた。島のはるか南の沖に存在するとされた伝説の楽園「南波照間（パイパティローマ）」を目指し、島民たちが集団で旅立ったという話が脳裏に浮かぶ。はて、彼らはなぜそんな過酷な旅に出たのだろう？　重税に耐えかねて故郷を捨てたのか？　それとも、新たな希望を求めて未知の世界へと飛び出したのか？　はて？　南の海を眺めながら、私は彼らの思いに少しだけ近づけたような気がした。

それにしても、戦争マラリアで島民の三分の一が命を落としたという悲劇の歴史があるにもかかわらず、なぜ波照間島の人々はこれほどまでに温かく優しいのだろうか。はて？　思いを巡らせていると突然、頭の中で武田鉄矢さんが歌い出した……。「♪人は悲しみが多いほど　人には優しく出来るのだから～♪（贈る言葉）」――なるほど、島人の優しさの源は、たくさんの悲しみや苦しみを生き抜いてきたからなのかもしれない？

翌日、診療所で出会ったオバーが、西表島への強制疎開や戦争マラリアで家族を失った辛い経験を話してくれた。歴史を感じずにはいられないほどに深く刻まれたオバーの顔のしわに見とれていたら、ひとつの格言が浮かんだ――「老婆は一日にしてならず」。診療を終え、潮騒をＢＧＭに幻の泡盛「泡波」を味わっていると、満天の星が私を包み込んだ。まるで空に粉砂糖をまぶしたかのような無数の星々が瞬き、静かに語りかけてくるようだった。五〇〇年以上前、独立を守るために琉球王国と戦った波照間島の英雄オヤケアカハチは、この夜空を見上げながらいったい何を思っていたのだろうか？　彼はこの美しい星の下で、どんな夢を見ていたのだろうか？　果ての島の「はて？」は、果てることなく夜は更けていくのだった。

西の果ての島――与那国島

「先生、血圧が測れません！」「敗血症性ショックだ。ヘリ搬送!!」

ところが、なんと天候不良でヘリが飛ばない！　医者一人の離島で大ピンチ!!　さあ、どうするDr.K!!……こんなドラマのような出来事もいろいろあったな～（※その後、患者は無事快復）。

Dr.Kとは、Dr.コトーではなく私、Dr. Kidokoro。「Dr.コトーのモデルは私だ」と言いたいところだが、残念ながらそんな事実はない（笑）。しかしながら、ドラマ放映の十年ほど前に、ロケ地の与那国島の診療所の医師として働いていたのは本当の話だ。台湾からわずか一一一キロしか離れていない「果ての島」である与那国島が医者不足だと聞き一念発起し、ゼロ歳児と妻を伴い日本最西端の医師となったのは、医師になって七年目のことだった。一八〇〇人余りの島人の命を一人で預かるプレッシャーは半端なかった。二十四時間体制で休日もなく、あらゆる科の患者を診なければならなかった。「まくとぅそーけーなんくるないさ（正しい行いをしていれば何とかなる）」と自分に言い聞かせながら、ピンチが訪れるたび心の中で「雨降りの歌」の替え歌を歌っていたもの――「ピンチピンチチャンスチャンスランランラン♫」

後任が見つからず、二ヶ月の予定が半年間の勤務となった与那国島での経験は、私にとってかけがえのない宝物となった。「渡難《どなん》の島」と呼ばれるこの島では、山のてっぺんがかすんでいるとたいてい飛行機は欠航し、二、三日新聞も届かないことが多かった。しかし診療所二階にある医師宿舎には、人情深い島民の方々からバナナや野菜、魚などたくさんの贈り物があふれ、生活に不自由することはなかった。医師としてのスキルはもちろん、人との関わり方や、どんな状況でも乗り越える心の強さを学ぶことができた。半年間を無事に過ごすことができ、私は自信と経験値を大きく増やし、総合診療医として二回りくらい成長することができたように思う。島での豊かな食生活のおかげか、お腹周りも一回り成長していたが。

島を離れてからも私の心は時折、この西の果ての島に引き寄せられ、島人ともつながり続けている。大好きだったそば屋のオバーは、その後の勤務地となった京都まで自慢の与那国そばを送ってくれた。窓から見える夕焼けを眺めながら、国境の島に暮らす仲間を想い、懐かしの「どぅなんすんかに」の歌詞を口ずさむ。

「与那国ぬ情《なさぎ》　遺言葉《いくとぅば》どぅ情　命《ぬて》ある間《あい》や　問会《とぅや》いしゃびら：言い交わした言葉が情け。命のある間はお付き合いしましょう！」

情けにあふれ、のどかな時間が流れていた与那国島。しかし、「台湾有事」を背景とした国の政策によって、島は大きく変わろうとしている。天然記念物の与那国馬が悠然と歩いていた岬付近には、二〇一六年に陸上自衛隊与那国駐屯地が新設された。そして、当初の計画を大きく超え、ミサイル部隊の配備や新港の建設が予定されている。住民への十分な説明もなく、住民の意見を無視したまま進められるこれらの計画に、島民たちは強い不安と憤りを感じている。美しい自然と伝統文化を守りながら平和に暮らしてきた島民たちにとって、この状況は到底受け入れられるものではない。住民の預かり知らないところでなし崩し的に軍事力が増強されていいのか？　はて？

はて？の島——石垣島

私の住む石垣島も残念な「はて？」がいっぱいの島となってしまっている。自衛隊の「南西シフト」拠点の一つとして、昨年、石垣島に自衛隊駐屯地が開設された。今年に入り、日米共同統合演習が島でも実施され、ウクライナで使用されている米軍のロケット弾発射システム・「ハイマース」やオスプレイも参加し統合演習が行われている。「専守防衛のための自衛隊配備」という防衛省の当初の説明に反し、二〇二五年には対敵地攻撃用の長射程ミサイルを配備する方針だという。与那国島と同様な手口で住民への説明もないままに、石垣島の「前線基地化」が急速に進んでいる。「国民保護に係わる住民避難実施要項」では、武力攻撃予想事態において先島諸島住民は九州各県及び山口県に避難する計画が示された。「ふるさとが戦場となり、戻れても元の風景はないかもしれない」「避難先でどうすごすのか？」——住民からは不安の声があがっている。はて、台湾有事を念頭に計画されている「避難」は、八十年前の「疎開」とどう違うのか？　長い年月をはさんで二つの光景が重なって見える私がおかしいのか？　五万人以上の住民を一週間で避難させるなんて本当にできるのか？　財産や仕事はどうなるのか？　はて？「前線基地化」は石垣島のお隣、宮古島でも同様の手口で進められている。宮古島も「はて？の島」となっている。

はて？の島――沖縄、日本

大学時代、沖縄の歴史と文化に深く惹かれ多くの本を読みあさった。しかし、深く掘り下げるほどに「はて？」は深まっていった。太平洋戦争末期、日本本土防衛のための時間稼ぎという悲劇的な役割を担わされた沖縄――はて、県民を巻き込んだ地上戦を防ぐことはできなかったのだろうか？　戦後、沖縄はなぜ日本本土から切り離され、米軍統治下におかれることになったのか？　本土復帰後もなぜ沖縄に国内の約七〇％の米軍専用施設が集中しているのか？　四十年以上が経った今も、これらの「はて？」に対する明確な答えを見つけることができずにいる。

「辺野古新基地建設」を巡る県民投票（二〇一九年）では、七割以上の県民が反対を表明し、建設阻止を公約に掲げた玉城デニー知事は再選された。しかし、この明確な民意にもかかわらず、政府は辺野古新基地建設を強行しようとしており、県民の怒りを煽っている。一連の裁判では、「辺野古新基地建設の是非」という本質的な問題に対する審議が十分に行われず、「手続き論」や「入り口論」で門前払いされる状況が続いている。自治体には、住民の生活を守るという責務がある。国は、住民の意思を尊重し、自治体の意見に耳を傾けるべきではなかろうか？

はて、「司法の独立」はどこへ行ったのか？　米軍基地内での犯罪に対しては、日本の司法が及ばないという「治外法権」が認められており、これは主権国家として極めて異常な状況である。日米地位協定は、このような不平等な状態を可能にするものであり、早急な見直しが必要ではなかろうか？　また、政府は有事の際の攻撃準備や避難計画の作成に追われる前に、平和的な外交努力を最大限に行い、今を「戦争前夜」にしないために全力を尽くすべきではなかろうか？　日本という国は「はて？の国」である。

沖縄の基地問題、特に辺野古新基地建設問題は、日本社会の深層部に存在する問題を浮き彫りにしている。それは日本の「政治の貧困」と、多くの「国民の無関心」。沖縄で起きていることは、単に一つの地域の出来事ではなく、日本の民主主義のあり方、そして平和な未来を築けるかどうかという国家全体の問題だ。はて、多くの人々がこの問題に無関心なのはどうしてか？　遠い島で起きている出来事だからなのか？　私たち一人ひとりがこの問題に目を向け、自分事として捉え、声を上げる必要がある。沖縄の基地問題の解決は、すなわち、より良い日本社会を築くための第一歩となるはずだ。

はて？

ＮＨＫの朝ドラ「虎に翼」は、私たちに勇気と希望を与えてくれる作品だった。昭和初期、女性差別が今と比較できないほど激しかった時代に、弁護士として活躍した猪爪寅子の姿は、現代を生きる私たちに、どんな状況でも諦めずに自分の意見を主張することの大切さを教えてくれた。「どうせ何を言ってもむだ」という諦めが先に立ち、理不尽さを受け流すことが癖になりがちな我が身を寅ちゃんと対比して、内省していたのは私だけではないだろう。寅ちゃんの「はて？」という言葉は、単なる疑問詞ではなく、社会の不条理に対して立ち向かう彼女の強い意志の表れだった。沖縄や日本の現状を寅ちゃんが知ったら、きっと「はて？」を連発していることだろう。

ＮＨＫの「チコちゃんに叱られる」……五歳のチコちゃんが問いかける素朴な疑問に答えられない自分に気づくと同時に、「はて？」と疑問を疑問と感じていなかったことにハッとさせられる。子どもでも大人でも、「はて？」と疑問を持つことは自然なこと。そ理不尽な事の疑問を大切にし、自ら考え、行動することが大事なのではなかろうか？ はてなことがたくさんある現代社会に生きる私たち――「はて？」と立ち止まり、「おかしいことはおかしい」と言える勇気を持って生きていきたい。そうしないと、寅ちゃんやチコちゃんにこう叱られそうだ。「ボーっと生きてんじゃねーよ！」

戦後八十年を前に

金城　毅

シニハンジャー

「私たちは死ぬつもりで集落内を逃げ回っていたわけよ」

昭和五年生まれのＫさんが話し始めた。戦争当時十四歳だったそうだ。いつも笑っている印象のオバーが話を続けた。

「防衛隊だった父親が亡くなり母親と妹と私の三名が残されたわけよ。どうせ死ぬのだから一緒に死ぬ場所を探していたわけね」

私は、糸満市字真栄平の『字史』編集委員として、戦争体験者の聞き取り作業を行ってきた。二〇二四年で原稿を完成させ戦後八十年目の二〇二五年に発刊予定だ。

『沖縄県史　沖縄戦記録1』（一九七一年）には真栄平ではアメリカ軍の砲撃だけではなく、日本軍による住民虐殺や集団自決についても記されている。証言によるとその頃の真栄平では、アメリカ軍の圧倒的な火力により南部に追い込まれて来た避難民や敗残兵が集落を放心状態でさまよっていたと言う。真栄平住民も隠れていた頑丈な自然洞窟「アバタガマ」や「アギルン」等から、日本軍によって追い出され、集落内の安全な場所を探して右往左往していたと聞く。そのような状況の中をどうやって生き延びたかを戦後八十年目の『字史』に記すための家庭訪問である。

「オバー達は、どうやって生き延びたの」

「死にきれなかったーからさー」

オバーはいつもの笑顔で笑い飛ばした。つまりは「シニハンジャー」（死にそこない）だったと。

「ウフヤマはわかるでしょう。そこに行ったわけよ」

一九四五年六月十七日頃から「アメリカ人は悪いことはしない。デマ宣伝は聞かないで早く出てきなさい。日本は負けました。早く出なさい」と、集落の後ろに設置されたスピーカーから投降を呼びかける声が聞こえてきたそうだ。

「怖いさーねー。そんなこと嘘だと思うから。アメリカーに乱暴されるか。戦車にひき殺されると思っていたから。楽に死ねる場所を探し回っていたわけよ」

Kさん親子は、集落の東にあるウフヤマと呼ばれている自然壕へ闇夜に紛れて向かった。壕の入り口で「中に入れてくれ」と壕の主である屋号アガリカシラ（東頭）のオトーに頼んだが断られたと話した。

「あの人威張っていたよ。手りゅう弾を持っていることを」

行くところがないから私たちも一緒に死なせてくれないかと頼んだがどうしても入れてくれなかったそうだ。

「ヤーニンズヌブンルアル。ヤッタームンマデェーネーラン。マズイヤデーシニハンザースン」（家族の人数分しかない。あなたたちの分まではないよ。一緒だと死に損ねてしまう）と言って頑なに壕の中に入ることを拒んだそうだ。仕方なくオバーたちはそこから五〇メートルぐらい離れた屋敷に掘られた小さな穴の中に隠れたという。ほどなくして米兵に見つかり捕虜になった話をしてくれた。

オバーは戦後結婚し四名の男の子を育て、孫やひ孫もいる。あの壕の中で一家全滅した方々の家屋敷は戦後七十九年目の今も空き地のままだ。先日その屋敷を訪ねた。親戚のどなたかが管理しているのだろうか。家主を亡くした土地にはヘチマの黄色い花があたり一面咲いていた。その鮮やかな花を見ながらKさんの言葉を思い出した。

「アヌオトーヤー、イジキラー、ダッタカラネー」（あのお父さんはイジキラーだったか

らね）

ボイスレコーダーに残されていたKさんの「イジキラー」と言った方言の意味がよく分からないままだった。気が強い、勇気がある、乱暴者……あれこれ思い浮かべたがどれもしっくりこなかった。少なくともKさんの表情からは誉め言葉で無いように思えたからだ。最後に手りゅう弾のピンを引き抜く気の強さ？　死に損ねて苦しむ家族を始末する勇気？　私は、この土地の主に敬意を表して、イジキラーを「気骨があった」と思うことにした。でも、生きていてほしかったなあ。

ハワイ帰りのオジー

「日本軍が真栄平に来たときとても心強かったよ。勇ましく頼もしく思えたね」

昭和十六年生まれの当時五歳のNさんが流ちょうな共通語で話し始めた。まるで昨日のことのようだ。他人から聞いた話が自分の体験の様に話しているように思えたが聞くことに徹することにした。

「これで真栄平も守ってもらえると思ったよ。戦争とは軍人同士が戦うと思っていた。だからアメリカ軍と日本軍が戦うのを木の上から見学できると思っていたよ」

男児にとって勇ましい軍人は憧れだったかもしれないし、よもや戦闘に巻き込まれるなんて思いもしなかったようだ。高みの見物どころではなく砲弾の雨の中で右往左往するなんて予想外だったに違いない。

「Nさんはどうやって生き残ったの」

ひとしきり聞いた後、字史にまとめたい内容に話を切り替えた。すぐに答えが返ってきた。

「ハワイ帰りの私のオジーのおかげさー、オジーが一緒でなければ死んでいたね。確実に」

Nさん達は隣部落の壕に隠れていたが日本軍に追い出され、集落の後ろにあるアバタガマへ向かった。そこも日本軍が占拠していた。

「どうせ死ぬなら自分の屋敷がいい」

オジーと一緒に自宅の屋敷に戻ってきたそうだ。そこに、安全な隠れ場所はなく、焼け残った家畜小屋の前にムシロを下げていた。案の定すぐに米軍に見つかってしまった。その時ハワイ帰りのオジーが米兵に向かって「中には子どもがいるので助けてほしい」と英語で伝えた。このようにしてNさんは捕虜になって助かったと話した。

いったん捕虜になったハワイ帰りのオジーは、隠れている真栄平の人たちに投降することを勧めたそうだ。オジーの呼びかけに二十名近くの男の人たちが我が家の屋敷に集まった。その時に、気が狂い米兵の前に飛び出し射殺され、焼け焦げた男の死体をみせて、このようになりたくなかったら投降した方が良いと強く勧めたそうだ。

今回の聞き取りでもオジーの投降の勧めで助かったと証言した方が多くいた。

戻ってこなかった女子青年たち

昭和九年生まれのTさんは、集落の女子青年も好意を持って若い軍人たちを受け入れていたことを話してくれた。開口一番、若い兵士と姉との関係を話し始めた。当時十一歳のT少女にとって男女関係は興味津々だったかもしれない。

「姉のところに軍の物資倉庫番をしていた北海道帯広出身のSさんが毎日のように訪れていたよ。たぶんその軍人さんは姉が好きだったはず」

八つ違いの姉は、当時十九歳で美人だったそうだ。

「倉庫が家の近くにあってねー。食べ物などを我家に持ってきてくれたよ。姉は懐中時計も持っていた。この時計はSさんではなくて別の兵隊さんからもらったらしい。斬り込みに行くからと渡されたそうだ。姉は顔見知りの兵隊さんが多かったように思うよ。最後は病気で亡くなったけどね」

さらに、別の女子青年の話も聞かせてくれた。

「道向かいの姉さんは身ごもっていたよ。K少尉との間にできたらしい」

道向かいの家は大地主で家も大きく、母屋は位の高い兵隊達が住むようになったそうだ。その家には年頃の娘さんが三名いたという。その一番上のY姉さんがK少尉と恋仲になったそうだ。二番目のC姉さんは特別志願看護隊に、一番下のM姉さんは女子学徒隊として召集されたらしい。そのころ部落の女子青年の多くが特別志願看護婦や炊事当番として召集され、山部隊とも行動を共にしたそうだ。

「向かいの姉さん達は誰も戻ってこなかったよ。最後まで壕から出て来なかったらしいよ」Tさんは顔をしかめて話した。米軍の投降の呼びかけにも若い年頃の女子青年たちは頑なに拒否したそうだ。

『糸満市史』には、一九四五年六月二十日山部隊第二十四師団長雨宮巽中将は、組織的戦闘は困難であると判断して「最後の一兵に至るまで敵に出血を強要すべし苟《いやしく》も敵の虜囚となり恥を受くる勿れ最後の忠節を全うすべし」との最後の訓示をしたと記されている。第二十四師団司令部が立てこもるクラガー（自然壕）は、二十八日に入口が米軍によって爆破された。その壕にはまだ若い女の子もたくさんいたという。そして三十日に、師団長以下の幕僚がガマの中で自決した。一方的に殺されていく状況下で、この「捕虜になるな」という非情な最後の命令は、地域の女子青年たちをさらに死へと追いやったに違いない。

今回の聞き取りで七十九年前のわが故郷に特別な人たちがいたのではなく、ごく普通の人たちが暮らしていたことを再確認した。のどかな村に駐屯した兵士たちも一皮むけば普通の人たちだったと思う。私と違う人種ではなかった。戦争前夜までは極めて友好的だったのだ。今、世界中がきな臭く、沖縄情勢は戦争前夜に思えてならない。偶発的な衝突が導火線となって第三次世界大戦にならないようにと祈るばかりである。

「イクサーセーナランドー」（戦争をしてはいけないよ）

戦争体験者の声は、私自身がしっかり受け取り次の世代へ受け継ぎたい。

スズメと猫と仕事

金城弘子

月曜日から土曜日まで、毎朝六時前に出勤する。大きな倉庫の入口を開ける。倉庫の入口や屋根に二、三羽のスズメが飛んでくる。彼らは斥候《せっこう》であろう。まるで私を待っていたかのようだ。

まず、猫に餌を与える。それからスズメの餌の米を撒く。二十数羽のスズメが一斉に飛んできて、餌をついばむ。一列に撒くと彼らも一列に並び、一ヶ所に撒くとひと塊になって米をつつく姿がとても可愛い。

猫とスズメの餌の順序を変えることはない。理由は、猫が餌をついばむスズメを襲うからだ。これまでに分かっているだけで数羽が襲われた。しかも、猫は彼らを食する訳ではなく、弄《もてあそ》んでいるだけなのだ。

それで猫の餌が先に無くなると、スルメやかっぱえびせんを与え、猫の気を引くようにしている。

やがて、ドライバーが出勤してくる。早い人は六時に、遅い人でも七時半にはトラックでそれぞれの現場に向かう。

多岐にわたる私の仕事の中でも特に重要なのは、運行管理の仕事で、毎朝彼らの体調やアルコールの有無のチェック、車両の整備状況の確認、業務内容の注意事項等を指示し、トラックを出庫させる。

この会社に入社してから十年が過ぎた。

それでも、現場での運送知識はまだまだ彼らには及ばない。たとえば発注者からのオーダーが入ると、品目・形状・容積・重量等で、どの大きさのどの種類のトラックを使用するかが決まってくる。私が計算をするより先に、彼らはすぐに適当な車両を提示してくる。入社当時は、あれこれ物珍しく面白がってやっていたが、今では大方をドライバーに任せている。

入社のきっかけは、この会社のオーナーから「会社のコンプライアンスを担当して欲しい」との依頼があったからだった。

公務員を退職し、すでに六年間も団体の仕事をしたので、これからは自由な生活をしたいと思っていた。しかし、オーナーの店で何度か自社ビールをご馳走になり、気持ちが揺らいだ。

それと、長年公務員として法令関係に携わってきた自分が民間で通用するかという思いもあって、二年間だけ引き受けることにした。

ところが二年目に、運送業に必須とされる運行管理者が突然辞めてしまった。懸命に後任を探したが見つからず、仕方がないので私が運行管理者の国家試験を受け、自分で担当することにした。そして現在に至っている。

友人知人から、なぜそれほど長く勤めているのかと尋ねられる。仕事が好きなのか、経済的理由なのかと聞かれると、面倒くさいので仰る通りと答えているが、じつは私の優柔不断な性格によるところが大きい。オーナーには早く辞めたいと申し出ているので、スパッと辞めてしまってもいい。しかし会社の状況を考えると、二の足を踏んでしまう。


私が入社した当時は、前述のスズメたちは四十数羽もいた。その頃は以前からいた職員が、毎朝パン屑をあげていた。世間ではスズメが少なくなったという話をよく耳にしたが、今時、これほど多くのスズメがいるのかと毎朝数えたり、仲良く餌をついばむ様子を眺めたりしていた。

ところが数年前にその職員が退職し、スズメたちに餌を与える人がいなくなった。スズメたちはヤードに溢れ落ちた米（本社に運ぶ泡盛用の米袋のバンドの溝に、たまに米が入っていることがある）をついばんでいた。それが無くなると、私が家から持ってきた米を撒いた。

そのうち幸か不幸か、ドライバーが港から運んできた輸入米を倉庫に移す際、誤ってフォークリフトで米袋を刺してしまい、大量の米がヤードに溢れてしまった。落ちた米は使えない。それを全部拾い、本社に報告、弁償することになった。その米が今も残っているのである。

ただ、毎日餌を与えても、スズメの数は確実に減っている。世代交代なのか、住処を変えたのか原因は分からないが、職場の環境変化の影響も否めない。

以前は、トラックヤードの周辺では、桜や梅が季節の花を咲かせ、チャーギ（イヌマキ）、ヤシ、黒木等の大木が茂り、シークヮーサー、グァバ、バナナ、パパイヤなどの果実が実り、まるで住宅街の中のオアシスのようだった。年中鳥が囀り、蝶やトンボも舞っていた。

それが最近は大木が伐られ、周辺にマンションも増えた。

一方、猫はというと、数年前に会社の倉庫内に数匹の仔猫が産みつけられた事件があった。犯人は隣のマンションの住人で、私は六匹の仔猫を箱に入れ、隣人の家の前に置いてきた。しかし一匹だけが取り残され、小さな鳴き声をあげていた。誰か貰う人がいないか尋ねたが誰もいない。このままでは死んでしまうと思い、仕事の合間にスポイトでミルクを飲ませたり、餌を砕いてあげたりして、今ではすっかり大きく成長した。三毛猫で「ミーちゃん」と名付け、毎日猫好きのドライバーたちに可愛がられている。しかしミーがスズメを襲うと分った時、私は猫好きのドライバーに引き取るようお願いしたり、愛護協会で引き取ってもらえないかと相談したりしたが、すべて駄目で、彼女は今も会社に住み着いている。猫用ケージで隔離したり、色々お仕置きをしたりもしたが、まったく効果がない。動物の本能のなせる業だろう。

それに加え、最近はハトやイソヒヨドリ、タイワンシロガシラまでやってきて、餌をついばむ。敏感なスズメたちは人の気配や物音がしたら、すぐに飛び立ってしまう。しばらくして戻ってきても、餌は他の鳥にすべて食べられてしまっている。少しだけ良心の呵責を感じながらも、私は小石を投げて他の鳥を追い払う。

そんなこんなで、私の朝は忙しい。

メダカの学校（唱歌）風にいえば「どれが仕事か趣味なのか」という状況なのである。

七時半、ドライバー全員が出庫した後、八時半までの空白時間がある。取引会社との交渉や営業等々、相手方のほとんどの業務開始が八時半からのためである。

運行管理をやる前は、私は毎日、早朝ウォーキングをしてから出勤していた。しかし現在は朝が早い出勤のため、奥行きが約二〇〇メートルもある職場のヤードで、ウォーキングをすることにしている。

トラックがすべて出払った後の、マンションに囲まれた小さなオアシスでも、季節の移ろいを感じることができる。朝の清々しい空気の中で、陽の輝き、雲の変化、頬を撫でる風、木々の彩り、小鳥の囀り、蝶やトンボの飛び交う様子に出合える。

三十分間のウォーキングの後は、前の晩に色々と思い悩んでいたことも、どうでもいい、些細な事だと思えるから不思議である。

友人には、私は悩みがないように思われているようだが、実は悩みが多い毎日を過ごしている、悩み多きお年頃なのである。

仕事では、会社の経営状況や職員の処遇等、私的な問題としては未だに終活に手を付けていない。父母が残した不動産や遺品等の処分、自分の趣味で収集した焼物や絵画、CDやDVD、本や衣類等。子供たちからはちゃんと処分してと、やいのやいの言われている。くわえて病弱な妹の介護もある。

さらに最近、ショッキングな出来事があった。

重い腰を上げて、実家の屋敷の処分を考えるため、測量士と打ち合わせをすることになっていたその日。以前からたまに腰痛があったが、その日は少し強い痛みがあった。測量士が来るまで少し時間があったので、友人に教わった対症療法で、ソファーの上で腰の痛い部分にテニスボールを当て、ゴロゴロ転がしていた。

約束の時間にチャイムがなり、ソファーから立ち上がろうとした時、腰に激痛が走り、ソファーから降りることができない。大声で測量士に声をかけ、手を借りた。「救急車を呼びましょうか」という彼の申し出を断り、亡き母の残した四点歩行器で車に辿り着き、何とか乗り込んだ。

三十数年前の悪夢が甦った。

ある朝、出勤時、車から降りると腰に激痛が走り動けなくなった。一時間ほど車に寄りかかっている私を職員が見つけ、すぐに病院に運ばれた。

当時、私は一般の申請者等の申請を処理する部署の責任者をしていた。申請件数が多い上に、受理できない申請に対するクレームや、窓口の職員の対応が悪いなどのクレームも多かった。

自分では気づかなかったが、疲労による「腰椎椎間板ヘルニア」ということで、一週間の安静を余儀なくされた。

今回は、痛みをこらえて自力で救急病院まで辿り着いたものの、車から降りることができない。守衛さんに車椅子で院内に入れてもらった。レントゲン、MRI検査等を受け、痛み止めの点滴も打ってもらった。諸検査の結果、特に骨折などの異常はないので入院の必要は無いとのことだった。

急激な腰痛の原因は、側彎症により脊椎に骨棘《こつきょく》が形成され、それが脊椎を圧迫して坐骨神経痛になりかけているとの診断だった。

救急病院に駆けつけてきた、ドクターである次女に散々叱られた。

彼女は何年も前から私の姿勢の悪さを指摘し、矯正ベルトを買ってきたり、整形外科に行くよう強く勧めていた。忙しさにかまけて何もやってこなかった私が悪い。自業自得である。

それにしても、その日は私の七十七歳の誕生日だった。

これまでは年齢を聞かれると、年齢不詳とか、十歳サバを読んだり、ステイヤングなどと若いつもりでいた。また友人や知人が、七十五歳を過ぎると体力の衰えを感じると言うのもピンとこなかった。

でも今回、病院で色々な書類に署名をする度に、実年齢の重さを突き付けられ、今までの自信が崩れ、途端に老いを感じた。

夜遅く救急病院から戻り、家族に支えられ、やっとのことで家に入った。疲労と痛みのために、明日から休むと会社に連絡することも忘れ、すぐに寝入ってしまった。

翌朝、いつものように四時半に目が覚めた。

アラ、不思議！　痛みはあるものの、ちゃんと歩ける。これは奇跡ではないか！

真っ先に頭に浮かんだのは、三女からもらった、十日後に東京の日本武道館で公演予定のロックライブのことである。行けるかもしれない。

翌日すぐに整形外科病院に行った。診療内容は救急病院と同じだったが、側彎症を直す方法はないのか尋ねると、手術しかないとのこと。とりあえず神経性の痛みを抑える薬を処方してもらった。また、整骨院にも通った。

ライブ前日、会場までの駅の階段の上り下りに不安があったため、腰痛の痛み止めの飲み薬、貼り薬、折りたたみステッキ等をスーツケースに忍ばせ、飛行機に乗った。その夜、東京で夕食会を開いてくれた友人たちに、私の腰痛騒ぎの件を話した。するとその中の一人が、彼のお母さんのことを話した。七十代までシニアのビーチバレー選手でスポーツマンだったが、七十代後半から腰痛が出始めた。現在八十二歳で手術を希望したが、医師から八十歳以上の手術はやめた方がいいと言われ、今は車椅子生活で認知症も加わり、施設に入っていると。友人は私に「早く手術した方がいいよ」と勧めていた。

そういえば、私の母も七十代前半までは一人で外国ツアーにも参加する活発な人だったが、七十代後半から変形性股関節症を患い、車椅子生活をするようになってから認知症が進んでいった。私も母と同じ道を辿るかもしれないと、ひどく落ち込んだ。

しかし、翌日、日本武道館で昔から大好きなロックバンド「ジャーニー」の音のシャワーを浴びた途端に、前夜の憂鬱な気持ちがすべて吹き飛んだ。いつものいい加減さが頭をもたげ、人生なるようになると思ってしまう。

私は若い頃から毎年四、五回、県内外のロックライブに通っていた。クイーンやマイケル・ジャクソン等パワフルで心に沁みるロックを聴くと身も心もリフレッシュされ、全身にパワーが漲ってくる気がした。

でもこれからはそうはいかない。ライブ通いは体力的にも限界の時がくる。家族や周囲に負担をかけないよう、しっかりと老いと向き合っていかなければ。本気で終活を始めよう。

まず、頼まれたら、自分の受容力以上に何でも引き受けてしまう行動を止めよう。昨年は心を鬼にして、二つの団体を辞めた。

これまでの人生、いろいろな絆がある。家族、友人、仕事、趣味等の優先順位をつけて、忙しさから抜け出し、穏やかな人生設計を立てることにしよう。

今年こそは仕事を辞めよう。

でも可愛いスズメたちとは別れがたい。

そっと、餌を撒きに来るかも。

猫と笑う

久里しえ

子どもの頃から、動物が苦手だった。野良犬と目が合うと、必ず追いかけられる。噛まれた事こそないが、泣きながら家まで逃げ帰ったことも一度や二度ではない。近所の公園に子猫が棲みついた時には、小学校の同級生たちと順番に抱っこしようということになった。皆が「かわいい」と声をあげながら猫を抱き上げる中、恐る恐る手を伸ばした私だけは容赦なく引っかかれた。

成人してからも、その苦手さは変わらなかった。特に猫は私にとって、何を考えているか分からない、いつ引っかかれるかも分からない存在だった。ところが、十五年前に住み慣れた関西から沖縄に移り住んだ頃から、猫に抱く印象が変わっていった。

那覇の街なかには、地域猫が多い。商店の看板娘のような猫もいれば、いつも同じ路地で昼寝をしている猫もいる。皆一様に、穏やかにマイペースに暮らしているようだ。大切にされている地域猫の姿を見るうちに、私の猫への警戒心は少しずつ薄れていった。

気がついたのは、猫は人目を気にしていないということだ。もちろん、エサにありつけずにいる子猫が視線を送りながらついて来ることもある。しかし、寝る場所やエサに困っていない地域猫は、大抵が目の前を横切る人間にはお構いなしのようだ。自分が居たい場所で見たい方角を見て、好きなポーズで寛いでいる。

中でも前足を揃えて座りながら遠くを見ている猫の姿に、私はいつからか惹きつけられるようになった。迷いのない目線、真っすぐ伸びた前足、ピンと張ったヒゲ。凛とした佇まい、という言葉がぴったりだ。いつも他人の目や評価を気にしている私には、それはとても潔い態度に見えた。こんなふうに人目を気にせずに生きられたら、どんなにいいだろう。猫は私にとって、憧れの対象に変わっていった。

私には、ちぃちゃんという同郷の友人がいる。私より早くから沖縄で暮らしていて、猫の保護活動に長く携わっていた。今も沖縄で猫に関わる仕事に就いている女性だ。いつも会った時には、気の置けない関西弁でおしゃべりを楽しんでいる。そんな彼女から保護猫の里親にならないかという連絡を受けたのは、今から七年ほど前のことだった。

その頃の私には、猫はすっかり近しい存在になっていて、

「外を歩いてても、猫が気になるねん」

「猫を見てたら、飽きへんね」

と、ちぃちゃんに会う度に話していたのだった。

聞けば近所で保護したという猫は、二歳近い成猫だが三キロ足らずと小さく、気立ても穏やかなメスだという。体調も安定しているので、猫と暮らしたことがない私でも受け入れやすいのではないか、ということだった。

初め、この提案は見送ろうと思った。動物を飼った経験は金魚やカブトムシぐらい。猫には子どもの頃触れたきりで、抱き方すら分からない。そんな自分が猫と暮らせるとは、とても思えなかった。

しかし一方では、猫が同じ家の中にいるってどんな感じだろうと気になって仕方がない。そして、今回里親になることを諦めたら、二度とこんな機会は訪れないだろうという確信があった。一度断ったという事実が足かせになって、その後の行動にも歯止めがかかってしまう。今まで何度となく経験してきたことだ。もう、そんなことを繰り返したくない。私は、猫を迎え入れることに決めた。

家族との相談、猫との対面、トイレや寝場所の準備を経て、猫を迎え入れる日がやって来た。ちぃちゃんの車が我が家に到着する。キャリーケースに入った猫も一緒だ。爪切りからエサの与え方、トイレの使い方、ブラッシングの仕方まで、ちぃちゃんが丁寧に教えてくれた。安全と健康のために外には出さないこと、水分補給には注意すること、大事なものや危険なものの置き場所を工夫すること。その日の最後に彼女から聞いたのは、こんな言葉だった。

「大丈夫。猫は、好きなようにさせたらいいねん」

はたと返事に詰まってしまう。好きなようにするという感覚が、私にはよく分からない。幼い頃から、病弱で気分屋の母親の顔色をいつもうかがっていたせいだろうか。

少しの不安と一緒に、猫との生活が始まった。その猫は、シャムミックスと呼ばれる雑種だった。柄はサバトラだが足先や耳の色が濃く、身体はほっそりしている。目の色はブルーで細く優しい声で鳴き、いかにも女の子らしい風貌をしていた。

息子が猫に「さらら」という名前を付けた。当時中学生だった息子は古代史が大好きで、飛鳥時代の女帝だった持統天皇を主人公に据えた漫画を愛読していた。さららというのは、持統天皇の即位前の名前「鸕野讚良皇女《うののさららのひめみこ》」に因んでいるという。一三〇〇年も前の日本に君臨した女帝と、昔タイの王室で飼われていたというシャム猫の子孫。長い時の流れを感じさせる名前と口に出した時の柔らかい響きは、私たちのもとにやって来た猫にぴったりだった。

さららを迎えて三日目の昼間、仕事が休みだった私は一人で新聞を読んでいた。と、近寄ってきたさららが、私の膝に飛び乗った。ふわりとした身のこなしで、重さをほとんど感じさせない。そっと頭を撫でると、目を閉じて喉を鳴らし始めた。

気持ちが良さそうな様子に安心して、頭や顔の周りをさすった。さららは目を閉じたまま、頭をうーんと上に持ちあげる。そこには、まだ誰も足跡をつけていない雪原のような、真っ白な喉元があった。

手の動きが、思わず止まる。細い毛で覆われたそこは、あまりに無防備だった。

私は決して善人ではない。思い通りにならないことは人のせいにするし、その人の不幸を願うことすらある。出逢って間もない私のような人間に、この猫はどうして平気で急所を差し出すようなことが出来るんだろう。

ふと、さららから、こう問われているような気がした。

『私はあなたを信用することに決めましたよ。さあ、あなたはどうするんですか？』

ああ、彼女は自分でそう決めたのだ。結果も全て自分で引き受けるに違いない。私は疑うことなく、そう直感した。

今度は私が決める番だ。

『さらら、ずっと一緒にいようね』

私はそう念じながら、白い喉元にそっと指を這わせた。すぐにゴロゴロという音が、さららの喉から聞こえ始めた。


これで、さららと心が通じ合った。毎日、息を合わせて一緒に暮らせるはずだ。そう思ったのも束の間で、私は毎日、猫の気まぐれな行動に振り回されることになる。

気持ちよく撫でられていたはずが、突然爪を立てる。抱っこされたい時には近づいてくるが、人間の方から抱かれることは気に入らず、するりと腕から抜け出してしまう。入って欲しくない場所に入り込むし、ティッシュを全部引っ張りだすような思いもかけないいたずらをする。

困った時には、ちぃちゃんに相談だ。いたずらを止めさせるのではなく、未然に防ぐよう環境を整えることが大事だとアドバイスを受ける。なるほど、好きなようにさせるというのはこういうことかと納得する。

さららとの遊び方にも、初めは戸惑った。猫じゃらしやスーパーボールの動きには大いに反応してくれるものの、表情は真顔のままだ。本気で怖がったり警戒したりしているようにしか見えない。人間のように笑顔を作る筋肉が猫にはないというのはよく知られていることだ。分かっていても、本当に楽しんでいるのだろうかと心配せずにはいられなかった。

「そうやってエネルギーを発散させてるねん。ほどほどに相手になってあげたら大丈夫」

ちぃちゃんの助言に安心したものの、その後もさららの表情は読めないままだ。

数か月が過ぎた頃、あることが気になった。さららを相手にする時の、私の話し方だ。客観的に聞くと、明らかにいつもと違っているのだった。

さららがご飯をたくさん食べた日には「ぎょうさん食べたなあ」と声をかけ、食べ過ぎて吐いてしまった時には「べっちょないか?」と尋ねる。無意識に口から出た言葉だが、何だかいっぺんに歳をとったような言い回しだ。そこまで考えて、思い当たった。

これは、私の父方の祖母の語り口だ。

病気がちだった母に代わって私を育ててくれた祖母は、兵庫県の南西部にある姫路市の出身だった。その辺りの言葉は播州弁と呼ばれている。「ぎょうさん」は「たくさん」という意味。「べっちょないか?」は「大丈夫か? 問題ないか?」というほどの意味合いで、「べっちょ」は「別条」が変化したものらしい。播州弁は勢いがあって力強い言葉だが、きつく聞こえることも多いようだ。

しかし実際に聞くと、年長者から幼い者に向かって発せられる播州弁に、いかに温かみや優しさがあふれているかが分かるはずだ。小さなさららに向かって播州弁を話す私は、いつも自然に笑っているのだから。それは、幼かった頃の私に祖母が向けてくれた笑顔に、きっと似ていることだろう。

さららが風邪を引いたのは、我が家にやってきて最初の冬だ。くしゃみや鼻水が気になったが、猫じゃらしを振れば飛びつくし、トイレの後にはすごい速さで部屋中を走り回っている。それほど悪い状態ではないのだろうと思い、様子をみることにした。

しかし、三日目になっても鼻水は止まらず、涙まで流すようになった。くしゃみをする度に首を振っている。電話口のちぃちゃんの声は、思いのほか険しかった。

「それ、相当しんどい状況なんと違うかな。早めに病院に連れて行ってあげてください」

そこで私は初めて知った。猫は、身体の不調を隠すのだ。弱っていることを周りに知られると、敵に襲われてしまう。自分の身を守るための習性だという。我慢して普段通りに過ごしていたのかと思うと、胸が締めつけられた。「ごめんね、さらら」。私は何度も詫びながら、動物病院にさららを連れて行ったのだった。

さららは今、恐らく九歳ぐらいの中年期だ。毎日元気に暮らしているが、この先私に余程のことでもなければ、私より先にこの世での生を終えるだろう。

その時が近づいたら、さららには、平気な振りなんかせずにうんとわがままを言って甘えてもらいたい。私を振り回して、困らせてほしい。さららの最期に、関わらせてほしいのだ。

いくら私がそう望んでも、きっとさららは、自分が決めたやり方で旅立っていくのだろう。私に出来ることなど、たかが知れているはずだ。

だからせめてその時までは、さららとの暮らしをめいっぱい楽しみたい。さららが笑っているかどうかは分からなくても、私はこれからもたくさん笑うだろう。さららと一緒に笑いながら、限りある時間を大切にしようと思う。

還暦富士登山

米須義明

気がつけば還暦を迎える歳となった。厳密に言えば私は早生まれなので令和七年（丁度この原稿が印刷される頃）に六十歳となるのだが、同級生たちは今年既に六十歳。同級生の模合で何か記念に残ることをと言う話になり、思わず「皆で富士山に登ろう！」と叫んでしまった。このエッセイは事の顚末と、二度と無茶はしないようにとの備忘録である。

実は以前から一生に一度、いつか富士山に登ってみたいと考えていた。還暦を迎え、体力は落ちる一方だし、このチャンスにみんなで登れば怖くないという勢いで提案したら全会一致で即決。

初めての登山でありツアーに入ろうかとも思ったが、望み通りの日程と時間が合わなかったので自己手配で行くことになった。とは言え、きちんとした装備を予約し、登山途中で泊まる山小屋や、下山して泊まるホテルなども予約し、ネットなどを検索して完璧な登頂プランも作成。祝杯をあげる焼き肉屋まで予約して臨んだ還暦富士登山である。

初日は朝一便の羽田空港行き。午前四時半に起きて飛行機に乗り、別便で到着した同級生たちと合流。横浜在住の同級生がハイエースを準備してくれていて、期待と不安を胸に富士吉田口がある山梨県へと向かった。

思ったより山梨は遠く、予定より三十分遅れて登山道具のレンタルショップに到着。登山靴や手袋、レインウェアやヘッドライトなど、結構な重装備の装着やサイズ合わせに時間がかかり、予定より一時間近く遅れてしまった。

富士登山は五合目まで車で行くことができるのだが、登山シーズンは入山規制で自家用車が入れないのでジャンボタクシーで五合目へ。

登山メンバー五人で記念撮影し、いざ登山スタート。レンタルしたリュックサックには温度差がある山頂で着込むためにフリースやウィンドブレーカーが詰め込んであり、既に一〇キロを超えている。そこに水分補給のための水や酸素缶などを更に詰め込む。水の値段は五合目でペットボトル一本三百円、そこから先は五百円。トイレも一回ごとに二百円。水道を引くことができない山頂は水が貴重で、全て麓から登山道とは別に設けられた道をブルドーザーで運ぶのだ。

スタートは遅れたが天気も良く意気揚々とスタートした。丁度その時間は登頂から戻ってくる人々も多く、皆さんお疲れのご様子。外国人に出口を聞かれもう少しだと教えたら「ベーリータイヤード」と言って首を振りながら去って行った。

目標は事前に予約した七合目の山小屋。暗くなる前にそこに到着し、夕食をとり少しだけ休憩して夜中に山頂に向かうのが御来光コース。天気予報では曇りのち雨で登山するには不利な状況だったが幸いスタートの時点では予報に反しての快晴。

登りはじめは良かったが登り進むにつれてやはり足を前に出すのがきつくなってくる。トレッキングポールと呼ばれる二本の杖で体を引っ張るように前にひたすら進む。帰りもそうなのだが、登りもつづら折りがひたすら続き登っても登ってもゴールが見えないため精神的には非常に辛い。

途中、ツアーの団体さんをいくつか追い越したが、自分たちよりもご年配の方々もいて最後まで登れるのかと心配になった。

あたりが薄暗くなる頃、登り初めて三時間ほどでやっと目的の七合目の山小屋に到着。当初は次の日の山頂へのアタックを考えて八合目の山小屋に泊まろうと考えたが、沖縄を出発し、羽田空港からその日のうちに八合目まで登るのは無理だと断念。取りあえず七合目で宿泊し、早めに出発する作戦に切り替えた。

山小屋は多くの外国人宿泊客で溢れており、富士山の人気ぶりを痛感。到着順に時間を区切って夕食を取るのだが、到着時間が遅かった我がパーティーの夕食は午後七時半を過ぎていた。早く到着した方々は早々に夕食を済ませ既に就寝している。我々もハンバーグカレーをかき込みペットボトルの水で歯磨きを済ませ寝室へ。ネットでの予約では個室とあったが、実際は二畳ほどの狭い縦長の部屋が上下二段、横十列ほど並んでいるカプセルホテルの簡易版と言ったところか。当然、施設に風呂など無く登ってきたそのままの状態で敷き布団に寝転がる。

体からは登っている間に衣服についた砂が落ち、布団もざらざらして気持ち悪い。しかも個室のはずが二人ずつ詰め込まれ、同室の同級生のいびきで眠るどころではない。ほとんど寝ることができず、出発時刻の午前零時となった。

案内では七合目から山頂まで四時間程度と言われたので、零時に出れば御来光に間に合うとの目算。当然あたりは真っ暗で頭に付けたヘッドライトの明かりだけを頼りに出発した。他の宿泊客もどんどん出てくるので山頂に向かって光の列が伸びていく。

七合目で残念ながら同級生一人が脱落し、四人で声を掛け合いながら暗い中、上へ上へと向かう。七合目まではそんなにきつくなかったのだが、暗い中ヘッドライトを頼りに進んで行くと、傾斜がどんどん険しくなりしばらく進むとついにロッククライミングのような崖と言っていいほどの傾斜になった。そこからはトレッキングポールも使えず、たたんで鞄の中へ。レンタル道具一式の中に厚手の手袋が入っていて寒さ対策と思っていたのだが、実は両手を使って崖を登るための手袋だったのだ。所々、案内灯があるのだが、午前零時過ぎにそんな崖を登ることになろうとは夢にも思わず、滑り落ちないように細心の注意を払いながら少しずつ登っていく。険しい崖があるとはＳＮＳでもアップされておらず全くの想定外であった。滑落して死者が出るのもやっと理解できたが時既に遅し。

本来なら山頂で御来光を拝む予定の午前四時にやっと八合目の山小屋に到着。日の出は何合目でも拝めるので休憩がてらその山小屋のベンチで座りながら拝むことに。天気予報では雨の予報であったが、幸い晴れ間が覗くほどの天気で、待つこと三十分ついに雲の合間から御来光を拝むことができた。山頂で見たらもっと感動したかもと考えたが、自分たちの体力ではとうてい無理で、何とか見られただけでも良かったのだろう。

さて、御来光を拝み目的を達したところでこれからどうするかの作戦会議。別に降りるのは簡単だが（実際には簡単じゃなかった）、ここまで来たら何が何でも山頂を制覇しようと全会一致した。それが後々、ものすごい後悔を招く事になるとは思いもよらず。

夜も明けて足下も見やすくなったのだが、疲労で足はどんどん重くなるのと相変わらず傾斜はきつく九合目にたどり着くのに二時間、そして山頂にたどり着くのにはさらに二時間を要した。ガイドブックの倍の時間である。あと少し、あと少しと声をかけながら登り続けるが、山頂に近づくにつれて天候が悪化し、気温も急激に低くなっていく。

そして山頂直下の白い鳥居をくぐり抜けやっとの想いで山頂に到着。寒さと疲れと悪天候で山頂に到着した達成感をほとんど感じなかったのが本当に残念であった。山頂神社でお守りを買って、リュックに詰めていたフリースやウィンドブレーカーを着込み下山の準備を始めた。

山頂は雲に覆われており、視界は数メートルほどしか無く山頂からの絶景を拝むことはできなかった。多分一生で一度きりだろうと思うと何となく寂しく、後ろ髪を引かれながら下山を開始した。

上り道と下山道は分かれており、登山者とすれ違うことはない。しかし、登っている途中、すれ違う下山者が結構いた。外国人が多かったのだが、下山道を知らなかったのか、はたまた途中で登頂を諦めて下山を始めたのかどちらかなのだろう。

下山はガイドブックによると四時間ほど。お昼過ぎにはゴールの五合目まで帰れるはずである。早く帰ってちゃんとしたご飯を食べてゆっくりお風呂に入りたい、その一心で降りていく。下りの道もひたすらつづら折りが続き、降りても降りても進んだ気がせず、心がどんどん削られていく。山頂まで来たことを後悔しても既に遅く、なんとしても五合目まで降りなければならない。

このつづら折りに嫌気が差し、ショートカットで降りようとした外国人が数日前に滑落して亡くなったとタクシーのドライバーが言っていたが、確かに気持ちはよくわかる。降り続ける内に九合目を過ぎた当たりでメンバーの一人に異変が。「足がつって歩けない」

夜中の零時に出発し、歩き続けること八時間以上。ついに疲労が限界に達してしまったのだ。しかしここで立ち止まっていたら凍死するしかないのでゆっくりと降りることに。他の二人は一応歩けるので先に行ってもらい、救護が可能かどうか聞いてもらうことにした。

それからなんとか八合目までたどり着いたときに先発隊から電話が。「救護は骨折や怪我じゃないとできないから、七合目まで降りてそこから有料の馬に乗ったら良いって」

確かに五合目をスタートするときに馬を何頭か見かけたが、まさか自分たちがその馬のお世話になろうとは。教えて貰った電話番号に電話をしたら七合目からゴールの五合目までのお値段なんと一人四万円。驚いて一度は電話を切ったのだが、山を降りるには途中でもう一泊するか、馬に乗るか、私が友人を担ぐかの三択しかない。仕方なくもう一度電話して取りあえず値段の交渉をしたのだが、組合で料金が決まっていて一切値引きはできないという冷たい返事。しかも現金のみと言うのだ。PayPayも使えないのか……。

「お前、現金いくら持ってる?」「七~八万位」

私は現金をロッカーにほとんど置いてきてしまったのだが何とかかき集めると八万円になった。「すみません、馬を二頭おねがいします」「それでは七合目の公衆トイレ付近に着いたら電話を下さい」

そしてまたゆっくりと降り始め、足がつった友人と懸命に下ること一時間、やっと七合目に到着した。電話をすると二十分ほどして霧の中から馬の姿が見えてきて映画の中の救世主のように思えた。馬引のお兄さんに声をかけたらすぐさま現金を確認された。八万円を渡すともう一頭の馬引に半分を渡し早速乗馬。聞くと彼らはモンゴル出身で馬の世話のために雇われているのだとか。登山は七月から九月までの約二ヶ月しかないので、一年分の給料を短期間で稼ぐ必要があるのだろう。

馬は北海道などで何度か乗ったことがあるがまさか富士山で乗ろうとは……。確かに馬は楽であった。馬引のお兄さん達の足も速く、小走りでどんどん降りていく。我々を抜いていった外国人や登山者たちを今度はこっちが追い抜くのだが、敗北者のような劣等感があり、帽子を深々と被りサングラスで顔を覆ってしまった。しかも馬が珍しいのか、歩いている人たちからも写メをパチパチ撮られて、後でネットでさらし者にならないかものすごく心配になった。

なんと七合目から五合目までは一時間もかからず降りることができ、先発隊と無事に落ち合うことができた。結果的に乗って良かったのだが、友人が現金を持っていなかったらと思うとぞっとした。

予約の時間を三時間もオーバーしてジャンボタクシーに乗り、レンタル用品を返してホテルにチェックイン。ボロボロになった体を引きずってすぐさまお風呂へ。体中が砂だらけで、耳や鼻の穴まで真っ黒であった。使った綿棒が真っ黒になったのを初めて見たしその後二、三日砂が体から出てきたほどである。

打ち上げの焼き肉屋では苦しい登山を笑いながら振り返ったが、とにかく「全員が無事下山できて良かった」の一言であった。焼肉を食べながら流れていたニュースではその日も富士登山途中で死亡者が出ていたのである。山頂直前から天候が悪化したのでそのせいもあったようで、我々は運が良かったといえよう。

もしまた富士山に登るかと聞かれれば迷わず〝NO〟と答える。どうしてもと言うなら「馬で行って馬で帰れるなら」と。しかし、ある酒席で富士山噴火の予兆があるが国が隠していると言われた。それが本当なら噴火の前に登っておいて良かったのかもしれない。

どうかこのエッセイを読まれた方々も富士登山にはくれぐれもご注意を。

あとがき

二〇二四年のノーベル平和賞には、被団協（日本原水爆被害者団体協議会）が選ばれた。被団協は、広島や長崎で被爆した人たちが原爆投下から十一年後の一九五六年結成し、それ以来、被爆者の立場から核兵器廃絶を世界に訴え続けきた。その長年にわたる不断の努力がやっと認められたのである。

今年は敗戦後八十年である。八十年経っても、私たちの住む沖縄県は基地の過重負担による犠牲や難題が山積したままである。

一九五一年のサンフランシスコ講和条約、一九六〇年の日米地位協定締結後、日本は米国の核の傘下に置かれた。その間、日本が参戦することはなかったが、昨今の世界情勢に不安はぬぐえない。だからこそ、戦争や紛争を起こしている為政者たちに、被団協の思いが届くことを願わずにはいられない。

さて今年は、一九二六年の昭和元年から数えると昭和一〇〇年にあたる。記憶にあるだけでもブラジル移民一〇〇年（二〇〇八年）、横浜開港一五〇周年（二〇〇九年）、鉄道開業一五〇年（二〇二二年）、関東大震災一〇〇年（二〇二三年）、バス一〇〇年（二〇二四年）と、記念行事や企画ものがあった。沖縄においても、島津の侵攻四〇〇年（二〇〇九年）、那覇市市制一〇〇周年（二〇二一年）、日本復帰五十周年（二〇二二年）などなど、過去を振り返る企画があった。

近年の昭和レトロブームから、楽しい企画も多くあるだろう。しかし百年間にあった負の歴史と、そこから地続きにある現在の諸問題を、しっかりと見つめ直す年にしたい。

私たちの作品集には、個人の趣味や目の前の小さな幸せを綴った作品もある。諸問題が山積する中、ささやかな心のオアシスとして味わっていただければと思う。

二〇二五年四月

編集委員長　南　ふう

沖縄エッセイスト・クラブ

執筆者紹介（掲載順）

神保しげみ（じんぼ・しげみ）
那覇市に生まれる
沖縄県スクールカウンセラー
西原町在住

津香山　葉（つかざん・よう）
本名・津山順子（つやま・じゅんこ）
うるま市に生まれる
認定心理士
うるま市在住

新城静治（しんじょう・せいじ）
うるま市（旧石川市）に生まれる
元中学校校長・専門学校講師
現住所　大宜味村字上原四四三

玉木一兵（たまき・いっぺい）
那覇市に生まれる
元玉木病院事務長
現住所　宜野湾市志真志四―二四―一二
サンクレスト志真志四〇八

長田　清（ながた・きよし）
那覇市松尾に生まれる
長田クリニック院長
現住所　那覇市泉崎一―四―五

仲原りつ子（なかはら・りつこ）
佐敷町に生まれる
社会福祉法人あおぞらこども園園長
現住所　南風原町字与那覇三五二

中山　勲（なかやま・いさお）
台湾台南州に生まれる
医療法人タピック
沖縄リハビリテーションセンター病院 医師
現住所　那覇市泊一―八―一三　六〇三号

根舛セツ子（ねます・せつこ）
那覇市に生まれる
元東京都公立中学校主幹教諭
那覇市首里在住

開　梨香（ひらき・りか）
本名・比嘉梨香
那覇市に生まれる
株式会社カルティベイト代表取締役
那覇市在住

南　ふう（みなみ・ふう）
本名・浜田京子
那覇市に生まれる
現住所　浦添市港川二―二三―五―二〇七号
ユアサハイムＡ

山本和儀（やまもと・かずよし）
鹿児島県与論島に生まれる
山本クリニック院長
現住所　浦添市伊祖二丁目三〇―七

與那覇　勉（よなは・つとむ）
宮古島市城辺に生まれる
現沖展絵画部門準会員
元沖展デザイン部門会員
現住所　与那原町字上与那原四〇四―三

ローゼル川田（ろーぜる・かわた）
那覇市首里生まれ
『ＥＫＥ』同人　現代俳句協会　水彩画家
那覇市在住

石川キヨ子（いしかわ・きよこ）
浦添市に生まれる
社会福祉法人みどり保育園
現住所　那覇市首里石嶺町四─二一六─三

稲田隆司（いなだ・たかし）
那覇市に生まれる
医師　沖縄県医師会常任理事
那覇市在住

稲嶺恵一（いなみね・けいいち）
中国大連に生まれる
現㈱りゅうせき参与
元沖縄県知事
那覇市在住

上原盛毅（うえはら・せいき）
神戸市に生まれる（糸満出身）
元ＪＩＣＡ職員
現住所　那覇市東町一九─一七　八〇一号

上間信久（うえま・のぶひさ）
今帰仁村に生まれる
元琉球朝日放送社長
現住所　那覇市銘苅三─二〇─二七
合同会社琉球いろはアイランズ社代表

内間美智子（うちま・みちこ）
石垣市に生まれる
元小学校校長
現住所　那覇市松川四一─八

大宜見義夫（おおぎみ・よしお）
那覇市に生まれる
同仁病院小児科 医師
現住所　那覇市首里末吉町二─一八〇─五

大城盛光（おおしろ・もりみつ）
本名・大城盛光（おおしろ・せいこう）
北中城村に生まれる
北中城村史編纂委員長
北中城村在住

我那覇　明（がなは・あきら）
宮古池間島に生まれる
元ＮＨＫディレクター
現住所　那覇市壺川二—一—一　七〇一号

城所　望（きどころ・のぞみ）
静岡県出身
フリーランス医師
現住所　石垣市登野城一二六八—二

金城　毅（きんじょう・つよし）
糸満市に生まれる
糸満市立中央図書館館長
現住所　糸満市字真栄平五二番地

金城弘子（きんじょう・ひろこ）
那覇市首里に生まれる
会社役員
現住所　那覇市首里石嶺町四—一三六—七

久里しえ（くり・しえ）
本名・嘉手川伸子（かでかわ・のぶこ）
兵庫県西宮市に生まれる
大阪文学学校修了　文芸誌『あるかいど』同人
現住所　那覇市松川二—一—四〇　嘉手川方

米須義明（こめす・よしあき）
北谷町に生まれる
沖縄県商工会連合会会長
現住所　北谷町伊平三九六—一

合同エッセイ集タイトル一覧表

号	タイトル	呼称	発行年月日	執筆者数	制作販売	本体価格
1	**蒲葵の花**	くばのはな	1983年12月25日	30人	城野印刷	1、200円
2	**群星**	ぶりぶし	1984年12月27日	30人	南西印刷	1、200円
3	**月桃**	さんにん	1986年1月17日	31人	南西印刷	1、200円
4	**龍舌蘭**	りゅうぜつらん	1987年3月20日	29人	ひるぎ社	1、400円
5	**石敢当**	いしがんとう	1988年3月30日	33人	ひるぎ社	1、400円
6	**阿檀**	あだん	1989年4月1日	37人	ひるぎ社	1、500円
7	**青珊瑚**	あおさんご	1990年4月1日	35人	ひるぎ社	1、500円
8	**鼓石**	ちぢんいし	1991年3月15日	32人	ひるぎ社	1、500円
9	**九年母**	くねんぼ	1992年4月1日	33人	ひるぎ社	1、500円
10	**長虹堤**	ちょうこうてい	1993年4月1日	31人	ひるぎ社	1、500円
11	**綾門**	あやじょう	1994年4月1日	33人	ひるぎ社	1、500円
12	**爬龍船**	はりゅうせん	1995年4月1日	34人	ひるぎ社	1、500円
13	**新北風**	みーにし	1996年4月1日	33人	ひるぎ社	1、500円
14	**ひんぷん**	ひんぷん	1997年4月1日	32人	那覇出版社	1、500円
15	**旗頭**	はたがしら	1998年4月1日	27人	那覇出版社	1、500円
16	**石畳**	いしだたみ	1999年4月1日	33人	おもろ出版	1、500円
17	**赤瓦**	あかがわら	2000年4月1日	31人	おもろ出版	1、500円
18	**榕樹**	がじまる	2001年4月1日	35人	おもろ出版	1、500円
19	**うりずん**	うりずん	2002年4月1日	34人	おもろ出版	1、500円
20	**南風**	はえ	2003年4月1日	33人	おもろ出版	1、500円

合同エッセイ集タイトル一覧表

21	ゆい	ゆい	2004年4月1日	36人	那覇出版社	1、500円
22	山原船	やんばるせん	2005年4月1日	41人	那覇出版社	1、500円
23	糸芭蕉	いとばしょう	2006年4月1日	39人	那覇出版社	1、500円
24	甘蔗の花	きびのはな	2007年4月1日	32人	那覇出版社	1、500円
25	梯梧	でいご	2008年4月1日	36人	新星出版	1、429円
26	伊集の花	いじゅのはな	2009年4月1日	35人	新星出版	1、429円
27	綾蝶	あやはべる	2010年4月1日	33人	新星出版	1、429円
28	相思樹	そうしじゅ	2011年4月1日	35人	新星出版	1、429円
29	栴檀	しんだん	2012年4月1日	36人	新星出版	1、429円
30	礁池	いのー	2013年4月1日	37人	新星出版	1、429円
31	サバニ	さばに	2014年4月1日	37人	新星出版	1、389円
32	サシバ	さしば	2015年4月1日	34人	新星出版	1、389円
33	福木	ふくぎ	2016年4月1日	36人	新星出版	1、389円
34	海神祭	うんじゃみ	2017年4月1日	34人	新星出版	1、389円
35	沖縄エッセイスト・クラブ作品集35		2018年4月1日	31人	新星出版	1、389円
36	沖縄エッセイスト・クラブ作品集36		2019年4月1日	33人	新星出版	1、389円
37	沖縄エッセイスト・クラブ作品集37		2020年4月1日	31人	新星出版	1、364円
38	沖縄エッセイスト・クラブ作品集38		2021年4月1日	29人	新星出版	1、364円
39	沖縄エッセイスト・クラブ作品集39		2022年4月1日	30人	新星出版	1、364円
40	沖縄エッセイスト・クラブ作品集40		2023年4月1日	27人	新星出版	1、364円
41	沖縄エッセイスト・クラブ作品集41		2024年4月1日	27人	新星出版	1、364円
42	沖縄エッセイスト・クラブ作品集42		2025年4月1日	27人	コールサック社	1、500円

2025
沖縄エッセイスト・クラブ 作品集42

二〇二五年四月一日

編　著　沖縄エッセイスト・クラブ

発行者　鈴木比佐雄

発行所　株式会社コールサック社
〒一七三-〇〇〇四
東京都板橋区板橋二-六三-四-二〇九
電　話　(〇三) 五九四四-三二五八
ＦＡＸ　(〇三) 五九四四-三二三八

ＪＡＳＲＡＣ 出 2501859-501
ISBN978-4-86435-648-0　C0095
落丁本・乱丁本はお取り替えいたします。
定価はカバーに表示してあります。